AF398422

Viaje en una noche estrellada

© Del texto: Diana Rigel Pardavila Rivera
© Maquetación y diseño: Promethea Grupo editorial

ISBN: 978-84-1092-055-2

Promethea Grupo editorial
www.prometheaeditorial.com
info@prometheaeditorial.com

Reservado todos los derechos.

Editorial: BoD · Books on Demand GmbH, In de Tarpen 42, 22848 Norderstedt (Alemania)
Impresión: Libri Plureos GmbH, Friedensallee 273, 22763 Hamburg (Alemania)

Viaje en una noche estrellada

Promethea

MIXTO

Papel procedente de
fuentes responsables
Paper from
responsible sources

FSC® C105338

A mis maravillosos hijos Carmen y Daniel, los grandes amores de mi vida y mis mayores tesoros.

Para mis hermanas del alma, a las que admiro y necesito, son la luz del faro que me guía a tierra firme.

Por Isabel, mi Isabella querida, su amor siempre me arropa, incluso ahora, desde el otro lado de las estrellas.

Y en memoria de mi adorado *Vincent Van Gogh*, el soñador eterno, mi visionario preferido...

Hagas lo que hagas va a estar mal, así que,

haz lo que te dé la gana.

—Anabel López Vergara (Anabella)—

¿Qué sería de la vida si no tuviéramos

el valor de intentar algo nuevo?

—Vincent Van Gogh—

Índice

Capítulo 1

¡Nos vamos de excursión!

Carmen, una niña de once años, devora unas tostadas a dos carrillos mientras su hermano pequeño, perplejo ante tal voracidad, la observa con el desayuno intacto desde el otro lado de la mesa.

—¿Me traerás algún regalo del museo?—Le pregunta el niño con gesto sonriente.

Carmen suspira al aire ante la pregunta de Daniel y sin dejar de masticar, apura su tazón de leche hasta acabar la última gota. Cuando mira su reloj de pulsera por el rabillo del ojo, comprueba, con gran estupor, que se le está haciendo tarde. Se levanta de un salto, coge la mochila, ya preparada al otro lado de la estancia y en menos de un segundo, aparece en la entrada de la casa.

—¡Rápido mamá, el autobús me está esperando! —La niña se muestra impaciente y sale hacia la calle sin dar tiempo a su madre al habitual beso de despedida.

—Pórtate bien y pásalo aún mejor. —Responde con mucha tranquilidad desde el quicio de la puerta mientras Carmen, corre emocionada hacia el autobús agitando su mano a modo de despedida.

Durante el trayecto hacia el museo, la profesora recuerda a sus alumnos que van a ver una exposición impresionista en la que artistas de la talla de Van Gogh, entre otros muchos, mostrarán su manera de percibir el arte a través de sus llamativas obras.

—Es decir chicos, con el Impresionismo, la pintura pasa a ocuparse de aquello que es esencial: la luz y el color.

—¡Profe… profe, Martín tiene náuseas!—Exclama una niña remilgada mientras se levanta apurada señalando a su compañero de asiento.

La profesora le da al niño una bolsa de plástico por si vomita y un pañuelo empapado en colonia, para evitar que se maree. Vuelve a su asiento y retoma la explicación.

—Como estaba diciendo: las formas se diluyen, se mezclan o se separan en función de la luz a la que están sometidas. Dando lugar a esa impresión de la que ya os he hablado. Cuando contempléis los cuadros, podéis practicar un ejercicio que os ayudará a diferenciar este estilo de cualquier otro.

—¿"Tenemozz" que practicarlo en el "muzzeo"? —Pregunta un niño rollizo con aire de preocupación, tras darle un mordisco a la chocolatina que estruja entre sus dedos regordetes.

—No tenéis porqué hacerlo, Hugo. Aunque os lo recomiendo, es muy divertido. Consiste en acercarse y alejarse del lienzo sin dejar de mirarlo. De cerca no distinguiréis más que pequeños puntos o trazos. Característica fundamental de la trazada impresionista. Pero, de lejos, os impresionará la pintura en su conjunto.

—¡Profe, profe! ¡Martín está vomitando, qué asco! —Advierte la misma niña escrupulosa de antes pero, ahora, con la nariz tapada.

—Bueno, no pasa nada Claudia. Cuando acabe, tiramos la bolsa y problema solucionado. Además, ya estamos llegando. ¡Venga, niños, tened un poco de paciencia!

—¡Yo también me mareo!

—¡Y yo!—Afirma una niña cuyo rostro pecoso resalta entre sus coletas cobrizas.

—¡Ya está bien! Sentaros en vuestro asiento o si no, os pongo un negativo.—La profesora atiende al pobre Martín que empieza a reponerse de las náuseas cuando el autobús aparca frente a la puerta del museo.

—Sólo deciros que, en su día, la crítica bautizó este arte como Impresionismo porque, ante todo, impresiona. ¡Ya lo veréis!

Capítulo 2

El museo

Una vez en el museo, cada niño coge la mano de su compañero de pupitre. A Carmen le toca con Ángel, el niño más travieso de la clase. Aun así, entra entusiasmada en medio de la larga fila de niños que encabezan la profesora y el guía de la exposición.

—Vaya aburrimiento de excursión, aquí no hay más que cuadros por todas partes. —Comenta Ángel mientras Carmen pone en práctica el ejercicio anteriormente recomendado.

—Tenía razón la "profe." ¡Es impresionante! Mira, hazlo tú también.—Ángel intenta imitar a la niña. Se acerca y, al instante, se aleja del lienzo, pero no distingue más que puntos y "manchones" donde ella asegura ver un fabuloso paisaje marino.

—Tienes que separarte más. —Le recomienda Carmen.

El guía conduce a todo el grupo hacia el fondo de la sala y se detiene frente al cuadro que preside la pared. Carmen suelta la mano de Ángel, embelesada por la mágica luz y el sinfín de tonalidades azules, amarillas, verdes… —Qué intensidad.—Piensa la niña.

Todo en ese cuadro le resulta increíble. No puede dejar de mirar la atrayente pintura de trazos impresionantes. Y todo gira en el lienzo. No sólo las estrellas, cuyo núcleo amarillo está rodeado por un disco luminoso; también el cielo azul oscuro participa del movimiento rotatorio.

El guía les explica que Vincent Van Gogh, inspirado por un enfoque sin límites de la realidad, consideraba la "Noche Estrellada" como un simple efecto nocturno del que no se sentía nada satisfecho.

—¡No lo entiendo! —Comenta un niño

—Significa que Van Gogh daba rienda suelta a su imaginación motivado por la locura, por un vago sentimiento de tristeza o tal vez, impulsado por su debilidad física —Aclara el guía.

Éste, les sigue contando que el pintor hubo de soportar, hasta el fin de sus días, la dura y continuada crítica ofensiva, tanto de su obra como de su talento.

—¿Por qué? Mi padre dice que sus obras son una maravilla—Pregunta Martín sorprendido y ya repuesto de su malestar.

—Era un visionario. —Responde el guía.

—¿Y "ezzo" qué "ezz"?—Pregunta Hugo con el labio manchado de chocolate.

—Era un adelantado a su época. Van Gogh era una persona muy moderna para su tiempo y por esa simpleza, la gente no le entendía.

—Aaaah.—Exclaman varios niños a la vez.

—Sin embargo, los que admiramos su arte, sabemos que jamás abandonó esta vida, sino que emprendió un largo viaje hacia "la otra mitad de su existencia". Y de algún modo, continúa vivo en sus extraordinarias pinturas. —Comenta señalando los cuadros que le rodean.—Y el que quiera, que llame a esto trastorno mental.

—¿"Traztorno" qué?—Vuelve a preguntar Hugo.

—Trastorno mental, locura, demencia… O lo que yo diría: simplemente genialidad.

El guía se dirige hacia otro cuadro al tiempo que lo siguen, cual séquito, profesora y alumnos. Todos salvo Carmen, que se mantiene inmóvil y boquiabierta ante el lienzo que acaba de explicar.

Totalmente prendada por la pintura, sigue con la mirada el pueblo de corte provenzal y las montañas libremente inventadas. Y comprende, en ese instante, que las figuras crecen hacia arriba. La oscura silueta del ciprés asciende llameante hacia el enjambre de estrellas. Y también el humo que brota de las tres chimeneas del pueblo e, incluso, las montañas parecen subir imitando un movimiento en forma de espiral. Absolutamente, todo en el cuadro, se eleva hacia el manto estelar.

De manera inesperada, Carmen escucha una voz aguda y temblorosa, distinta a cualquier otra oída anteriormente. Es una voz desconocida para ella.

—¡Carmen…! ¡Carmenchina...! ¿Puedes oírme?

La niña, muy sorprendida, echa un vistazo a su alrededor para ver de dónde proviene esa voz chillona que siente tan cercana. La percibe como si le gritaran en el mismísimo oído.

Además, casi nadie sabe que sólo en su entorno familiar le llaman "Carmenchina" y menos aún, sus compañeros del colegio. No habla de esas cosas con ellos. —Seguro que es "el pesado" de Ángel, habrá fisgoneado en mi carpeta.—Razona para sí misma. Pero, por su manera de actuar, no parece estar implicado en semejante broma puesto que sigue sin moverse del grupo. —Está en la inopia, como siempre.

Carmen repasa al conjunto de niños concienzudamente, hasta que otro chillido vuelve a sorprenderla.

—¡En el cuadro! Fíjate bien. Aquí mismo.

Asombrada ante lo que acaba de escuchar, comprueba que el grupo prosigue con la explicación del guía mientras sigue avanzando, cuadro a cuadro, a lo largo y ancho de la sala, nadie parece enterarse de la extraña situación que se está dando. En cambio, ella sigue petrificada en el mismo lugar, hechizada por un cuadro que le habla, prendada por el desconcierto que le produce la vida interior que aparenta contener y eso, sin olvidar la curiosidad tan profunda que siente de averiguar algo más, lo cual, suele causar estragos en su persona. En este momento, hay tal batiburrillo de pensamientos y posibilidades dando vueltas en su cabeza, que se siente invadida por una terrible confusión cuya respuesta para resolver tal enredo, no encuentra. Por más que busque.

Y el hecho de ser consciente de que ni siquiera la profesora se ha dado cuenta de su ausencia, no le ayuda en absoluto. Aunque, por otra parte, no es de extrañar con tanto niño preguntón. Carmen sabe con certeza que tanto Ángel como el resto de sus compañeros, son ajenos a esa voz que escucha, prácticamente, en el seno de su cabeza. Sin embargo, también proviene de la propia pintura. Demasiado extravagante como para comprender algo.

Todos los niños siguen recorriendo la exposición, cuadro a cuadro, tras la profesora y el guía. Pero Carmen mantiene su curiosidad en "La Noche Estrellada". Descubre con verdadero asombro que no sólo le hablan desde la pintura, sino que, además, algo se mueve dentro del lienzo. Aunque no distingue quién o qué puede ser, en principio, parece una mancha oscura. Focaliza su atención en el singular pueblo. —¡Qué raro! —Piensa la niña para sus adentros. —¿Por qué escucho esta voz? ¿Y por qué soy la única persona que parece oírla? Es absurdo.—Deduce.

Carmen vuelve a fijar la mirada sobre la minúscula figura cuyo movimiento capta todo su interés. Empieza a distinguir un duende que corretea por la pradera del lienzo. No lo había visto en la pintura hasta ahora y tampoco había oído hablar de él durante la explicación.

El misterioso personaje consigue llegar a los pies del ciprés e inicia el ascenso copa arriba. Tras subir con gran agilidad, se detiene ante los ojos de la estupefacta niña quien, a su vez, no deja de frotarlos incrédula por lo que observa. De algún modo, está deseando que se trate de una alucinación. Sin embargo, advierte que el extraño ser la saluda con la mano, ella no puede resistirse y le corresponde con una sonrisa amistosa.

—¡Por fin me hace caso alguien! Acércate un poco más y cierra los ojos, por favor. No tengas miedo.

Carmen sigue las instrucciones de ese ser sin pensar demasiado en las consecuencias. Simplemente, cierra sus ojos curiosos con la imagen de las brillantes estrellas amarillas bañando de luz el ciprés y, a continuación, las profundidades de su pensamiento. En ese instante, un enorme destello de luz y un movimiento espasmódico, brota en el interior de su cuerpo y la arrastra a través de un alargado y resplandeciente túnel de gusano.

Ella gira y gira sin cesar. No deja de dar vueltas. En este lugar, todo es movimiento rotatorio y mareante dentro y fuera de su cuerpo, por extraño que parezca. Las vibraciones van en aumento, hasta le producen calambres en sus extremidades. En una milésima de segundo, que a Carmen se le hace interminable, atraviesa los límites de la realidad y se desliza a los adentros de la pintura luminiscente. Y en un relámpago de tiempo, visualiza una constelación, el espacio exterior, galaxias, luces, muchas luces... Y esa pesada vibración que parece no terminar nunca.

Capítulo 3

¡Bienvenida fantasía!

Carmen abre los ojos algo aturdida por la experiencia que acaba de vivir, intenta situar en su cabeza si ha sido un delirio o si por el contrario, ha vivido algo real. Sin embargo, resulta totalmente inexplicable pensar cómo ha llegado a este lugar. —Es cierto entonces, pero… ¿Cómo ha pasado? ¡¿Dónde estoy?! ¿Será otro mundo? Parece otra galaxia o yo qué sé… ¡El impresionante mundo de la pintura al óleo!—Sonríe ante sus ocurrencias.

Observa, con cierta incredulidad, el espacio de fantasía que la rodea y del que ya forma parte. Cuando descubre que ella misma también es otro dibujo, se lleva una sorpresa muy agradable. Le encanta el color que predomina en este lugar.

El color y la luz, como resaltaba la profesora en su explicación. Ahora entiende con claridad a lo que se refería.

Contempla detenidamente sus manos, sus piernas y sus trenzas castañas; todo ha tomado un matiz intenso y penetrante. Le entusiasma sentirse parte de este mundo tan impresionante y no puede dejar de analizar y admirar cuanto le rodea.

Repasa con la mirada el camino, las flores que crecen a sus lados y los pájaros que sobrevuelan la pradera. —¡Todo es de luz y color! ¡Qué maravilla!—Las montañas que enmarcan el valle, el ciprés y por supuesto, el pequeño hombre que desciende ágilmente por el tronco del árbol. Todo es de pintura al óleo. Igual que ella.

Examina con rapidez al "hombrecito". Le recuerda a uno de los seres mitológicos que habitan en los bosques encantados. Su madre, cuando dan largos paseos entre la espesura de la montaña, siempre le habla de hadas, gnomos, de los elfos y de todos los seres mágicos que habitan en la naturaleza. A Carmen le fascinan las leyendas de los seres elementales, pero esto es otro nivel para ella. El hecho de conocer en persona a uno de ellos, no sólo le hace sentir una niña muy especial, sino que supone un sueño hecho realidad. Es la constatación de sus sospechas, la prueba irrefutable de que existe un mundo mágico en el que se basan un montón de cuentos de fantasía y leyendas variadas. —No es ficción, es real...—Se repite.

Y este ser, es como ella había imaginado que sería un duende. Lo analiza con atención. Su piel es verdosa. Es muy pequeño, diminuto más bien. En realidad es muchísimo más bajito que ella. Lo cual, no sólo le hace mucha gracia, sino que, a mayores, le inspira cierta confianza y ternura.

—Gracias por venir, pensé que te echarías atrás —La mira tímidamente mientras sonríe desganado, como si pretendiera disimular la tristeza que asoma en sus ojos.

—¡¿Cómo he llegado hasta aquí?! ¿Lo sabes? ¿Dónde estoy exactamente?—Carmen sigue examinando su entorno con una mezcla de entusiasmo y fascinación. Su nuevo amigo se acerca hasta ella.

—No le des más vueltas a eso. Te llevaría una eternidad averiguarlo, créeme. Lo más importante es que ya no estoy solo. No me gusta la soledad. ¿Me ayudarás a recordar quién soy? Lo he olvidado, parece ser. Aunque cada uno es quien quiere ser... ¿O quien cree qué puede ser? Ay, no logro resolver este misterio que me consume día a día… ¿O será mes a mes?

Al observar la angustia que transmite su gesto, Carmen lo abraza con verdadero afecto. Siente que necesita un poco de cariño, por lo menos, bastante más del que recibe. —¿Tendrá familia? ¿O estarán todos muertos?—La amargura insondable que desprende este hombrecillo le da qué pensar. Y más ahora, el pobre está emocionado ante unas muestras de cariño que no esperaba recibir. Y en un intento de enmascarar su desconcierto emocional, también la escudriña a ella sin ocultar su mirada curiosa. —¿Para qué me habrá traído a este lugar? —La niña sigue elucubrando mientras él la observa en silencio. Y una de las pocas cosas que sabe con seguridad, es que la ha transportado hasta el interior del cuadro. —Cómo lo habrá hecho… ¿Y para qué?—Por otra parte, Carmen empieza a dudar de la situación, no puede ser real lo que está viviendo en este lugar y eso que le encantaría. Lo más razonable es que se haya quedado dormida en el autobús y esté soñando. —¡Eso es! Estoy dentro de un sueño impresionista. Teniendo en cuenta los detalles de luz y color—. Sonríe al pensar en esta última reflexión y vuelve a revisarlo de arriba abajo. —Debe ser un duende anciano, además de diminuto. Es pequeñísimo—. Le encanta sentirse tan alta a su lado aunque él permanece ajeno a su escrutinio, ya que mantiene la mirada perdida en un punto del camino.

A Carmen le resulta incalculable su edad y no sabría qué opinar al respecto. De hecho, le parece un misterio. —Por las pintas que tiene, rondará los doscientos, como mínimo.—Se fija en sus pequeñas y arqueadas piernas. Con total seguridad, las más cortas que haya visto nunca. —Normal, con esa barriga tan abultada se le van doblando. Cualquiera diría que lleva un bebé dentro.—Vuelve a sonreír al comprobar lo "tripón" que es si lo observa de perfil. Desde este ángulo, todo apunta hacia su ombligo, justo donde termina su barba gris.

La niña centra su atención en los minúsculos ojos oscuros. Son de mirada profunda y color indefinible. Transmiten tanta melancolía como los surcos de su cara. Le apena ver a un hombre tan consumido por el sufrimiento y los años, sobre todo, al tratarse de un ser cuya estatura le resulta adorable y tan "apapachable".

—¿Cómo te llamas?—Pregunta llena de curiosidad.

—Hace tanto tiempo que nadie me llama por mi nombre... Me suena Teo, si quieres, puedes llamarme así. —Mira cabizbajo hacia Carmen pero ella está distraída con el paisaje, su entusiasmo por cuanto la rodea absorbe todos sus sentidos.

—¡Mira, Teo! ¡Dos centauros…! ¡ Allí, al fondo! Ahora sí que alucino.

Con la boca bien abierta, sigue el correteo de tan mágicos seres a lo largo de la pradera, hasta que los pierde de vista en los confines del horizonte luminoso. Y se vuelve hacia Teo totalmente fascinada. Sin embargo, él mantiene ese rictus contrito. Envuelto por su nostalgia pertinaz, evitando todo contacto como si el sufrimiento, además de crónico, fuera contagioso.

—Yo no veo nada salvo oscuridad, negrura y polvo. Eso es lo que veo, la nada más absoluta.—

Una lágrima se desliza por su rostro verdusco al tiempo que Carmen intenta consolarlo. Le pregunta por qué está tan triste. —¡¿Qué le habrá pasado para no aguantar las ganas de llorar?! Los adultos no hacen eso a no ser que haya muerto alguien.—Piensa para sí misma.

—Tampoco recuerdo por qué tanta amargura, ni el motivo de mi soledad. Pero tengo una certeza, al igual que tú, también yo fui niño alguna vez.—Teo esboza una sonrisa, toma a la niña de la mano y emprende el camino hacia el pueblo.

—¿Sabes pequeña? Es mejor la tristeza que la risa, porque la tristeza purifica el alma.—Ella le mira asombrada ante lo que acaba de oír.

—Mamá dice que la risa alarga la vida y yo creo que tiene razón.

Ambos siguen caminando en silencio, Teo continúa abstraído y algo perturbado por las palabras de Carmen. Ella, por el contrario, está impactada ante la extravagancia de cuanto observa, totalmente hipnotizada por la mezcla de luz y color que emana de cualquier lugar al que mira. El recorrido hacia el pueblo es mágico, allá donde plantifica la vista, hay algo extrañamente hermoso que admirar. Le cautivan esos árboles cuyas copas exuberantes están formadas por cientos de aves exóticas que se arremolinan, unas sobre otras, hasta crear ese efecto de ramaje caleidoscópico. Esa mezcla de colores en movimiento es una auténtica fantasía. Carmen está prendada como nunca antes en su vida. —La luz y el color... Es curioso el poder que tiene esta mezcla. ¡Es mágico!— Mantiene su diálogo interior prendada por la hermosura de cuanto le rodea.

Capítulo 4

Falsas apariencias, malas consejeras

Aunque Teo camina hundido en sus pensamientos, Carmen tampoco le da conversación. Con la cantidad de extrañezas llamativas que se va encontrando a su paso, le resulta imposible centrar la atención en su amigo y no en el paisaje, por lo que le sigue algo más rezagada, centrando el foco de su atención en el viñedo que bordea el camino. Lo cual, dificulta que avance con rapidez. Y una vez más vuelve a suceder, no puede creer lo que ven sus ojos al aguzar la vista, —¿es real o estoy alucinando?—No acaba de comprender por más que lo intenta. —De verdad que alucino.—

Hacia el final del viñedo, una exuberante vid se arranca a sí misma del lugar en el que está plantada. Con excesivo contoneo y cierta altanería, abandona la hilera en la que decenas de vides chismorrean entre ellas. No se entiende lo que comentan, sólo sus murmullos chillones excesivamente agudos.

Al otro lado del sendero, la espera, entre galante y teatrero, un olivo con las ramas abiertas de par en par y todas sus raíces extendidas junto al montón de tierra que aún se aprecia con cierta humedad. —También ha debido abandonar el surco.—Piensa la niña.

La femenina vid, al verle tan garboso, corre hacia sus ramas provocando un vaivén en sus racimos que no dejan de protestar por tanto meneo. Sin embargo, la pareja hace caso omiso ante dichas quejas y se va de paseo hacia el riachuelo que delimita el viñedo. Cuando olivo y vid se funden en un abrazo, a los lamentos de las uvas se añaden los de las olivas.

Una vez en la orilla y a la sombra de una higuera centenaria, ponen sus raíces a remojar mientras se mecen al ritmo de la suave brisa que, a su vez, bambolea hojas y frutos con suma delicadeza.

Carmen no puede perderlos de vista ni por un instante ya que se muere de la curiosidad. Necesita saber qué pasa con estos árboles y por qué pueden moverse. Quiere averiguar más cosas sobre ellos, al menos, todo lo que pueda. Aguza sus sentidos y descubre para su sorpresa, que el cauce del arroyo es más alto que las orillas que lo delimitan. Decide acercarse un poco más. —Se me acumulan los misterios y las ganas de sacar algo en claro. ¡Qué cosas!—Mientras observa la rareza del riachuelo, también distingue peces de todos los colores, formas y tamaños que saludan con las aletas, incluso alguno de ellos levanta el sombrero a modo de reverencia, al pasar sobre las raíces de la pareja.

—¡Mira, mira hacia el río! ¡¿Cómo es posible?! El agua va por el aire y los árboles pueden caminar. ¡Se están moviendo todo el rato!—El hombrecillo mira hacia el lugar indicado por Carmen.

—No sé lo que quieres decir. No veo más que un par de troncos amontonados en la cuenca de un río seco.—Asegura mientras mira a su alrededor—Estamos solos en un paraje yermo y sombrío. Irremediablemente solos, pequeña. Por eso te llamé, no lo olvides. —Asegura Teo.

Carmen no puede ni quiere creer en sus palabras. Desde que ha entrado en este mundo tan impresionante para ella, se ha cruzado

con todo tipo de seres legendarios. De esos cuyas historias han originado fábulas y narraciones que cada noche lee antes de dormir. Y ahora forma parte de un mundo fantástico, está entre todos ellos disfrutando una experiencia inexplicable, única e irrepetible. Por alguna razón que aún no ha descubierto, la han traído hasta aquí y la han convertido en un ser de pintura. Siente que no están solos aunque lo parezca y también, que algo o alguien les vigila en ese lugar encantado. Sin embargo, normaliza esta sensación razonando que, si de verdad está en el interior del cuadro, es lógico sentirse observada.
—Al fin de cuentas, el lienzo está expuesto en un museo por el que pasan ríos de gente.—Carmen mantiene sus especulaciones en secreto, es una obviedad recalcar que Teo no puede ver lo mismo que ella, por lo tanto, sería perder el tiempo insistir con el tema.

En su interior va tomando protagonismo una fuerza poderosa que la impulsa a correr hacia los árboles, aún permanecen sentados a la fresca arrullándose cual tortolitos en primavera. En este punto, la intriga por conocerlos es superior a cualquier otro sentimiento o necesidad. Y tampoco tiene que convencer a su amigo de nada, le da igual si cada uno mantiene su propia realidad. Por ahora, esa preocupación ha pasado a otro plano de importancia.

Sin más demoras y dejando atrás a Teo, Carmen atraviesa el viñedo, tan rápido como le dan sus cortas piernas y sin volver la vista atrás. Le apremia llegar al riachuelo antes de que intenten disuadirla.

—¡Camina con cuidado, niña. ¡Me has pisado la raíz!—Le reprende una vid muy enfadada.

—¡Mis uvas! Me has desprendido un racimo. ¡Mis pequeñas por el suelo!—Le regaña otra.—¡Se echarán a perder!

—Lo siento muchísimo, no volverá a ocurrir, lo prometo.—Se disculpa mientras sigue avanzando hacia el riachuelo.

No obstante, ahora camina con sumo cuidado para no molestar a las quisquillosas vides.

—Estos niños no cambiarán nunca.—Le comenta una vid a otra.

—Son como Atila. Por donde pasan, no crece flor. ¡Qué barbaridad!

La niña , aunque jadeante y al punto de la asfixia, consigue llegar hasta la orilla e interrumpe a la pareja de enamorados cuando, al igual que ellos, se sienta a la sombra de la higuera. Ésta, a su vez, no le quita el ojo de encima y la examina con suspicacia.

Mientras tanto, la exuberante vid, ajena a otras presencias, coquetea con el olivo atusando sus abundantes ristras al tiempo que le pestañea con "pillería".

—¿Te has perdido?—Pregunta el olivo a la niña.

—¡Por supuesto que no se ha perdido! Sólo quiere conocernos y charlar un rato.—Asegura un higo con voz de pito, tras apartar una hoja de su cara para que se le vea bien.

La vid asiente con un leve gesto y vuelve la vista hacia su amado contoneando sus racimos copiosos. La niña sonríe incrédula ante lo que ven sus ojos y no puede disimular su asombro por más que lo intenta.

—Qué presunción la tuya. En todo caso, Carmenchina querrá saborear alguna de mis olivas. Son irresistibles, al igual que yo.— Apostilla el olivo estirándose el bigote hecho de liquen.

—Sería de extrañar que prefiriera comer olivas estando nosotras, sabemos mil veces mejor. ¡Somos ambrosías! —Advierten todas las uvas de un racimo al unísono.

—¿Cómo es posible? ¡¿Sabéis quién soy?! ¡Sabéis mi nombre secreto!—Asegura Carmen recelosa.

—Aquí no hay secretos, ricura. Lo sabemos absolutamente todo.—Contesta la vid sonriente ante la mirada pícara del olivo.—Y lo que no, lo consultamos con la higuera, nuestro Oráculo Sagrado.

—No hay nada que ella desconozca, es muy sabia.—Asegura una oliva.

—La vejez aporta conocimientos cuando hay observación y aprendizaje a lo largo de la vida. Entonces, se produce el fenómeno: cuantos más años, mayor sapiencia. —Aclara otro higo.

—Con el paso del tiempo, llega un día en el que descubrimos que la sabiduría ha anidado en la extensión de nuestro ramaje. Y en esto, la higuera nos lleva una larga vida de ventaja. ¿"Vouz comprenez"?—Explica el olivo mientras retuerce su bigote.

Carmen les pregunta por qué su amigo no puede ver lo mismo que ella, por qué viven realidades diferentes dentro de un mismo mundo.

—Cada uno tiene su propia percepción. Verás, todo depende del cristal por el que se mire. Y no hay dos iguales, querida. "Cèst donc Ça"... Cada uno elige el suyo a su antojo, siguiendo su libre albedrío. —La vid suelta las ramas del olivo y saca las raíces del agua. —Por eso, no hay que fiarse de las apariencias, "ma pêtite"—Concluye.

—Todo lo que te rodea es producto de tu imaginación. Incluidos nosotros.—Aclara la vetusta higuera.

En ese instante, un higo en avanzado estado de madurez, se desprende de una rama para acabar espachurrado en el suelo.

—Oh, qué cruel destino para tan dulce fruta.—Prorrumpe una llamativa seta rojiza acomodada entre las raíces de la higuera.

—No entiendo por qué mi amigo se siente tan solo y triste en este lugar de fantasía. —Al mismo tiempo que responde Carmen, se acerca Teo con evidente cara de preocupación.

—¡¿Con quién estás hablando?! ¿No ves que la chifladura empieza por ahí? ¡¡No me asustes con estas cosas, por Dios, pequeña!! —Le regaña.

—Pobre loco mohíno, no ve más allá de sus narices. —Expresa con evidente pesar un higo verde.

—Sssshh, necesita un poco de tiempo, como tú. Eso es todo…—Le manda callar la higuera con un rápido gesto de ramas, lo que provoca la caída de otro higo maduro.

—¡Éste ha salpicado!—Dramatiza la seta rojiza mientras se limpia la cara con horror.

La niña insiste en presentarles a Teo, pero todos sus esfuerzos resultan inútiles. Definitivamente y aunque le cueste asimilar, su amigo no percibe lo mismo que ella. De hecho, no ve nada de lo que está sucediendo en este instante. Nada, ni a nadie. Y lo que es peor todavía, la sospecha de que ella sufre algún tipo de locura va ganando terreno en su cabeza.

Teo empieza a barruntar la posibilidad de que es ella quien precisa de su ayuda y protección. A estas alturas de su existencia y pese a haber olvidado gran parte de su vida, sabe que la cordura salta por la ventana cuando la chaladura asoma por la puerta. Y sin querer, encuentra un motivo convincente por el que Carmen ha podido verle y acudir a su llamada. —Ella también me necesita…—Enfrascado en su conversación interna se vuelve a evadir del grupo.

—Es imposible que nos vea si aún no consigue verse a sí mismo, no insistas, Carmenchina.—Pronuncia la higuera mientras el presumido olivo, contempla su atractivo reflejo en las aguas del riachuelo.

—Pues una pena, no sabe lo que se pierde con este tronco estiloso.—Dice el olivo atusándose las ramas.

—Ten paciencia con él, su alma permanece dormida pero todo cambia. Ayúdale. Y no olvides que el tiempo pasa rápido, mucho más de lo que crees. —Le aconseja la higuera a la niña.

Teo coge a Carmen del brazo muy a su pesar y se la lleva sin rechistar hacia el camino que bordea el viñedo. Sucede demasiado deprisa para ella, ya que no le da tiempo a reaccionar, menos aún a resolver otras cuestiones con la sabia higuera. Simplemente, se deja arrastrar por el duende, sin oponer más resistencia que la consistente en un gesto de profundo fastidio mientras se aleja del conjunto de árboles. Aunque, de vez en cuando, vuelve la vista atrás. Momentos que aprovecha para despedirse con un tímido gesto, prefiere disimular ante Teo para evitar más tensiones.

Los árboles, por el contrario, agitan ramas y frutos con esmero mientras observan cómo se va distanciando cada vez más.

—¿Creéis que Carmenchina conseguirá ayudarle? —Pregunta una oliva diminuta.

—Habrá que tener fe, si está aquí es por algo. ¿No creéis?—Interviene la higuera al tiempo que pierden de vista a niña y duende bajo la perspectiva del montuoso horizonte.

Capítulo 5

La invitación mágica

Carmen y su apenado amigo reanudan la marcha hacia el pueblo de corte provenzal. Según su criterio, debe tratarse del mismo que había observado en el museo, justo antes de introducirse en el cuadro. —Quién sabe, igual allí conocemos a alguien que nos pueda ayudar.—Y aunque ella procura decantarse por pensamientos prácticos, su amigo siempre le acaba sorprendiendo con esa mentalidad deprimente y sombría.

—Abandonado y desvencijado pueblo gris, oscuro y frío… Triste y solitario —Le indica Teo a la niña con su gesto de habitual desgana.

Carmen resopla con resignación, esos comentarios se pasan de negativos. Acelera el paso sin pronunciar una sola palabra, siguiendo el sinuoso sendero que serpentea entre el bosque. Centrada en su caminar, ahonda en los consejos que le acaban de dar hace un rato árboles y frutos. Y lo cierto, siendo sincera con ella misma, es que no ha conseguido averiguar gran cosa de la sabia higuera. El Oráculo Sagrado no ha resuelto sus dudas. —Menudo desperdicio de conocimientos.—Permanece enfrascada en sus razonamientos, intentando convencerse a sí misma de que no había más opción que reanudar la marcha.

En realidad, Teo fue tan contundente tirando de ella, con esa insistencia y preocupación que al final, Carmen se dejó arrastrar por él sin pensar en las consecuencias. —Porras.—Tanto es así, que lleva un buen rato caminando y dándole vueltas a lo que pudo ser y no fue. Si sigue por estos derroteros se acabará amargando de verdad. Ahora está terriblemente arrepentida por haberle hecho caso. Quién sabe, podría haber descubierto alguna pista para ayudar a Teo, incluso podría haber tanteado la manera de volver a casa. Podrían haber sido muchas cosas si no fuera la tozudez y esa obstinación por llegar al pueblo cuanto antes. —Y total para qué, si en teoría no hay nadie en el pueblo… No entiendo nada. ¡Qué fastidio las prisas!—

Definitivamente, echaron a perder la oportunidad de oro. Son tantas las preguntas que quedaron en el tintero que ya le molesta el hecho de recordarlo. —Estamos apañados —piensa para sí misma. —Y ahora qué.—

Ni siquiera conoce nada ni a nadie en esta parte del mundo, si es que se le puede llamar así. Tampoco acaba de comprender cómo y para qué ha venido, se le amontonan las preguntas, demasiadas incógnitas por resolver. —Menudo lío.—

Sin dejar de admirar el entorno pictórico, continúa avanzando por el camino mientras permanece inmersa en sus pensamientos.

Una vez en la aldea, Carmen se sorprende al descubrir que no está abandonada, la habitan seres de lo más estrafalario y difícil de imaginar. Y nunca había oído hablar de ellos ni sabía de su existencia. —Está claro que Teo vive una realidad paralela a la mía. ¡Qué cosas!—Razona consigo misma.

Detiene la vista en una anciana de cabellos plateados cuyas extremidades se cuentan por decenas. De hecho, hay demasiados brazos como para contarlos sin perderse. Y más sorprendente aún: ¡Los utiliza todos! Lava, frota, aclara, tiende, plancha, dobla y tiñe de varios colores una montaña de ropa gris. ¡Todo a la vez! —¡Hay brazos en todas partes y al mismo tiempo!—

Frente a ella, un puesto de verduras en el que las hortalizas expuestas, claman a los cuatro vientos lo baratas y ricas que están.

La cebolla discute con el ajo puerro, las espinacas defienden su precio ante el de la acelga, las judías recuerdan que son la oferta del día. Todas intentan venderse a un módico precio. Pujan, gritan y cantan, formando tal zipizape, que ni el propio verdulero lo soporta.

Y otra curiosidad: Se trata de un robusto hombre hecho a base de vegetales variados, incluidos los champiñones que utiliza para tapar sus orejas, cuya forma asemeja hojas de endibias. A Carmen también le sorprende su cara de lombarda, medio cubierta bajo el frondoso cabello de perejil. Pero lo que más gracia le hace, es la enorme nariz desproporcionada, compuesta por un pimiento rojo y deforme.

La niña se tapa los oídos evitando ensordecer. El bullicio que provocan las hortalizas clamando sus ofertas por encima del resto, vuelve loco a cualquiera. Acelera el paso todo lo que puede. De todos modos, hay algo que llama su atención al final de la calle. Lo demás no importa. Y eso que está llena de puestos de lo más llamativos y originales.

Clava la vista en la preciosa y apetecible casa hecha a base de chocolate, golosinas y galletas. Sobre la puerta de regaliz rojo, un cartel que dice:

"DULCE Y RÍA".

Se le van los ojos y todos sus sentidos hacia ese atrayente lugar construido con variados dulces. Un irresistible aroma a bizcocho horneado induce a la niña a continuar el camino hasta el final. Necesita comer algo.

—¡Qué hambre! ¿No te apetecería un pastel? —El hombrecillo la mira con desconfianza, ignora sus palabras y prosigue su camino sin apartar la vista del suelo.

Pero Carmen se acerca hasta la valla que delimita la pastelería, parece de barquillo. No puede resistir esa glotonería voraz que se apodera de ella, es un sentimiento que bulle en lo profundo de su estómago y la arrastra hacia la barandilla, como si estuviera poseída por una entidad hambrienta. Arranca un trocito saliente del vallado y se lo come a dos carrillos. ¡Qué gran felicidad siente al saborearlo! La baranda está hecha de barquillo relleno de crema. —¡Está delicioso!—Arranca un trozo más y lo va mordisqueando mientras camina tras las pisadas de Teo, que se asquea al verla comer con tanta gula.

—¿Cómo puedes comer ese tronco enmohecido? No me lo explico.

—¡¿Tronco?! ¡Qué gracioso eres! Es barquillo relleno y está buenísimo. De hecho, nunca había probado algo tan rico. ¿Quieres un poco?—Consigue convencerlo para que pruebe un trozo.

Y la cara de Teo cambia al comprobar que Carmen tiene razón. No sabe a madera podrida como él pensaba, sino que se trata de un manjar exquisito digno de repetir. Al girarse, confirma que la estropeada valla de madera mantiene el aspecto de siempre. Luce ajada, totalmente arruinada y decrépita, al igual que el viejo caserón que rodea. No comprende de dónde ha podido sacar tan magnífico dulce, pues no hay nada más a su alrededor.

—La valla es de madera, no veo el barquillo por ninguna parte. Y tampoco el sublime relleno de crema, pero voy a hacerte caso. Tengo hambre y me has creado cierta curiosidad. —Coge un pedazo del saliente superior, al igual que hizo ella, y se lo lleva a la boca. Inmediatamente, lo escupe asqueado por el sabor putrefacto.

—Agg... ¡Sabe a demonios!

Carmen no puede disimular la risa ante las continuas muecas de asco y los exagerados aspavientos de Teo. Las carcajadas aumentan cuando su amigo escupe virutas. Entonces, ríe y ríe sin parar. Hasta que les sorprende el pastelero, parece tan enfadado que acaba con toda risa de un plumazo.

Se trata de un hombre de merengue bastante larguirucho, cuyo enorme gorro de cocinero acentúa, si cabe, su figura desgarbada. —Vaya un cascarrabias. —Dictamina la niña mientras lo examina.

—No le veo la gracia, hay pasteles en la tienda. ¡Escupid ahora mismo mi valla! ¡Triperos sin dinero!. —Les reprende el hombre de merengue. En ese instante, un pájaro se acerca a su rostro y le arrebata la jugosa guinda roja que compone su nariz.

El color del ave cambia con cada aleteo sin llegar a repetirse ninguna de las tonalidades. Carmen se queda fascinada siguiendo su magnífico y llamativo vuelo.

—¡Esto es insoportable! ¡Vamos dentro! No parará hasta comerse mis ojos. —Suplica el pastelero sin perder de vista al ave, que vuela haciendo círculos sobre él.

—Es un pájaro precioso. ¡Cómo brillan sus plumas!¡Me encanta!—La niña sigue al hombre de merengue mientras admira cada aleteo iridiscente.

—No veo tal brillo. Es un pajarraco enorme y desplumado. Y las pocas plumas que conserva son negras como la pez.—Ella resopla ante el comentario de Teo.

—Bueno, está claro que vemos cosas diferentes.

El pastelero entra en la tienda con mucha premura mientras protege sus ojos verdes como puede. También son guindas. —Por lo que parece, a este pájaro le gustan los dulces, es tan goloso o más que yo.—Carmen no puede evitar sonreír, en realidad, hace verdaderos esfuerzos por aguantar la risa: no quiere ofender al pastelero ahora que se le han comido su nariz, pero, el hecho en sí mismo, le resulta muy gracioso.

Teo, mientras tanto, sigue sin percibir nada de lo que pasa a su alrededor. Y aunque ella intenta resumir lo sucedido, no se traga semejante relato de fantasía, desborda imaginación un tanto pueril y no hay por dónde cogerlo.

—Un hombre de merengue ¡¿Pastelero?! ¡¿En la vieja mansión?! Carmenchina, no empieces con tus delirios otra vez. Ya sabes que me preocupa esa actitud.

—Si quieres que te siga acompañando, tienes que creerme. ¡Ya está bien! ¿Acaso no vine en cuanto me llamaste? —Se adentra en la tienda sin esperar respuesta.

Teo permanece perplejo frente a la entrada del viejo caserón, pues no esperaba semejante rotundidad en la respuesta. Teniendo en cuenta lo pequeña que es, actúa con bastante raciocinio y sensatez. Sin hablar de su carácter. —¿Por qué no creerla o seguirle la corriente? Estoy disfrutando de su más que grata compañía y no puedo arriesgarme a perderla. No soportaría vivir en soledad. Otra vez no.—Deja a un lado sus pensamientos y accede al interior de la ruina en busca de Carmen.

Capítulo 6

Tras la pista oculta

En la otra parte del mundo conocido, continúa el revuelo originado ante el posible secuestro de Carmen, por lo que advierten las autoridades competentes del caso a la familia afectada.

Las calles aledañas al museo están colapsadas de gente que se acerca para curiosear sobre la desaparición de la niña. Unos intentan colarse entre las barreras de seguridad colocadas por los agentes de policía. Otros, graban con sus teléfonos móviles la zona delimitada por el dispositivo de las fuerzas y cuerpos de seguridad. También empiezan a llegar algunos reporteros de diferentes medios e intentan situarse lo más cerca posible al recinto acotado.

Dentro del edificio, en un elegante y amplio despacho, un grupo de psicólogos rodea a la profesora visiblemente alterada por la pérdida de su alumna. Aunque han pasado varias horas desde entonces, la pobre mujer no consigue contener el llanto pese a las muestras de aliento que le profesa el equipo de asistencia psicológica.

—Es horrible... No consigo recordar nada... Estábamos todos y al momento... ¡Oh, Dios mío..!—La mujer irrumpe en un mar de lágrimas.

Fuera, un furgón de la policía, con las luces parpadeantes y la sirena encendida con la máxima estridencia que permite el aparato, se abre paso entre el tráfico que sólo autorizan al final de la calle.

Los fisgones se van acumulando en el límite de la zona restringida por los cuerpos de seguridad y siguen desde fuera, el recorrido que traza el furgón hasta que llega al mismo cordón policial. Una pareja de agentes abre el cerco para que el vehículo pueda llegar a la puerta del museo y, rápidamente, vuelven a delimitar el espacio evitando que se cuelen mirones.

Del vehículo oficial, se baja primero el inspector de policía, quien, a su vez, abre la puerta trasera y ayuda a salir a la madre de Carmen. Ésta, totalmente descompuesta por la situación, mira a su alrededor, pero no consigue ver más que una masa informe de rostros desconocidos, que perturban su intimidad mientras husmean en la distancia. Su marido la atrae hacia sí poniendo un brazo protector sobre sus hombros, sin soltar por ello, la mano del pequeño Daniel.

La familia sube la escalinata de la entrada principal de la galería, siguiendo los pasos del inspector de policía que, por otra parte, no deja de hacer señas a otros miembros del destacamento para que se desplieguen a lo largo del perímetro acotado.

En el despacho, aún permanecen varios psicólogos con la profesora y algún que otro policía cuando entra la familia. La madre de Carmen se dirige directamente hacia la maestra y ambas mujeres, se funden en un desconsolador abrazo. El padre se acerca hacia el grupo para que le cuenten alguna novedad, si la hubiera, sobre el paradero de su hija. Pero el niño, sintiéndose ajeno a todo lo que acontece a su alrededor, se queda en una esquina de la estancia sin dejar de observar los ademanes de culpa de la maestra, llantos por parte de las dos mujeres, apoyo de unos hacia otros, muestras de consuelo hacia el padre cuando se entera que las pesquisas siguen sin dar fruto, ...

Daniel empieza a percibir lo triste de la situación. Tiene ganas de preguntarles qué pasa exactamente, aunque en el fondo ya lo sabe. Su hermana, a quien tanto quiere, desapareció durante la excursión al museo. Se esfumó de un momento a otro sin que nadie hubiera oído o visto nada...

Le da miedo pensar que no aparezca, tal y como ha pasado con muchos otros niños perdidos. Incluso peor, que la descubran muerta en algún lugar oculto, como sucede con esos que salen en las noticias y que tanto hacen llorar a su madre cuando las ve.

—¿Cuántos años tienes?—Le pregunta uno de los psicólogos al fijarse que está asustado y a punto de echarse a llorar.

—Siete...—Contesta tímidamente con la vista hacia el suelo en un intento de contener las lágrimas. Está acostumbrado a reprimirse cuando hay gente delante.

—¡Perfecto! Ya tienes edad suficiente para apreciar las obras que hay en el museo. ¿Habías venido antes?

—No, pero mi hermana me ha contado que está lleno de tesoros. Y también me ha dicho que puede haber mapas escondidos en los cuadros. ¿Es verdad?

El joven psicólogo, que rondará los treinta, consigue captar la atención de Daniel. La curiosidad que le genera este lugar ha disipado su tristeza, está deseando descubrir los secretos que atesora. Y su cara muestra más interés que pesar, le apetece tanto recorrer la galería y comprobar por él mismo, cada una de las maravillas expuestas, que no se aguanta. —Si encuentro un mapa del tesoro no volveré al cole. Nunca más. ¡Seremos ricos!—Piensa totalmente convencido.

—Espera un momento, voy a pedir permiso para ir a la galería. Ahora vuelvo, ¿vale?—Justo cuando iba a salir de la habitación, se da la vuelta hacia el niño.

—Por cierto Daniel, mi nombre es Marco—Le guiña un ojo de manera cómplice y abandona la dependencia con gran rapidez.

El niño asoma la cabeza por la puerta, no lo quiere perder de vista. Comprueba con dificultad, cómo se va alejando por un pasillo en penumbras que se hace interminable. Vuelve la mirada hacia sus padres y sin pensarlo dos veces ni decir nada a nadie, sale corriendo tras Marco. —Ha sido muy amable conmigo. ¿Y si no volviera? Esto sería muy aburrido sin él y eso que es un viejo. Bueno, no tanto como papá y mamá, claro. —Sus pensamientos lo acompañan durante el recorrido.

Cuando da la vuelta a la esquina y llega hasta el final del pasadizo, ya no sabe hacia dónde ha podido dirigirse Marco. Tal vez esté al otro lado de la puerta cerrada o posiblemente, haya ido por una de las dos galerías en las que desemboca el corredor. Quién sabe, podría estar en cualquier lugar, es un edificio enorme para un niño tan pequeño, lleno de salas, galerías y otros muchos espacios en los que poder perderse.

Daniel decide explorar el museo por su cuenta, para qué esperar al psicólogo si ya está a medio camino. Abre la puerta y desaparece tras ella.

Los techos de la estancia tienen mucha más altura de lo habitual, lo que impresiona a Daniel sobre manera. —Si Carmenchina viera esta sala, diría que fue la casa de unos gigantes.—Cuando descubre la imponente lámpara de cristales que cuelga de la parte central, miles de destellos multicolores encandilan al niño. Montones de arcoíris se forman cuando los rayos de sol inciden en los cristales de la magnífica luminaria. Y todo se llena de colores a su alrededor.

Comienza a juguetear intentando saltar de arcoíris en arcoíris, pero, con cada brinco, nota que algo bastante pesado rebota en un bolsillo de su cazadora. —¡El teléfono de mamá!—Se lo había pres-

tado durante el trayecto hacia el museo y al llegar, olvidó devolverlo.
—Vaya una suerte.—Sonríe.

Instintivamente, se pone a grabar un vídeo con la idea de captar todos los arcoíris. —A ver qué explicación me da Carmenchina.— Recorre la sala entera tras el fenómeno multicolor sin dejar de enfocar. Daniel observa la sucesión de arco iris a través de la pantalla pero, según se va acercando a la parte más sombría de la estancia, los colores desaparecen. Durante unos segundos, sólo graba esa esquina de la sala sin que nada consiga llamar su atención.

Para su sorpresa y sólo a través del visor, surgen de la nada varias esferas de luz blanca que recorren la habitación hasta desvanecerse a la altura de sus ojos.

Cosa del destino o no, pero no ha dejado de grabar en ningún momento. Daniel se siente maravillado con este fenómeno espectral aunque no sepa qué es exactamente. Y nunca antes lo había visto, motivo por el cual, le apetece investigarlo. —Primero millones de arcoíris y ahora estas bolitas de luz. ¿Qué serán?—Decide comprobar las imágenes para cerciorarse. Y vuelve a alucinar con este prodigio. Busca alguna explicación racional en su cabeza mientras vuelve a revisar el vídeo por segunda vez. Por lo que se aprecia, son unas esferas de luz que revolotean en la parte más oscura de la estancia, su color y tamaño varía entre ellas, son distintas unas de otras. En cambio, la forma se percibe siempre esférica.

—¡Qué chulada! No os vayáis ahora, esperad un poco. —Comenta al aire.

Daniel retoma la grabación, echa un vistazo a su alrededor utilizando el visor de la cámara, quiere ver esas luces misteriosas otra vez, lo desea con todas sus fuerzas. Sin embargo, por más que las busca con la mirada, no distingue nada fuera de lo normal. Nada a simple vista, no percibe ninguna esfera de luz por mucho que revise la estancia. Desde luego, sin utilizar la cámara del teléfono no se perciben. Y eso ya lo pudo comprobar hace un rato, cuando las miró directamente sin usar el visor y se volatilizaron al instante. —¿Será efecto de la cámara?—Sigue con sus razonamientos, alguna explicación lógica habrá, aunque, en el fondo, siente que son seres llenos de vida. —Igual son los fantasmas de las reliquias, que están encantadas..—Piensa.

Tras un rato de aburrimiento, una esfera de luz pasa tan fugazmente junto a él, que apenas le da tiempo a asimilarlo. En este momento, el entramado de cientos de arcoíris que se extiende a lo largo de la sala, ha perdido todo interés para el niño. Daniel lo ignora por completo y vuelve a encuadrar el rincón oscuro en el que acaba de ver a la esfera. —¡Genial! Las lucecitas siguen aquí—

Estos orbes brotan de la nada en un punto cualquiera frente a él y se desplazan hacia el extremo opuesto de la sala, pululan con cierta cadencia y sincronía para esfumarse tras una puerta cerrada de doble hoja. Quizá le esperan al otro lado. —¿Querrán que les siga? —Y de nuevo, la cara de pasmo de Daniel al pensar en estos seres.

El niño corre hacia la puerta sin dejar de grabar y al abrirla, accede a otra gigantesca galería en penumbra. Consigue adaptar sus ojos al cambio de iluminación y vislumbra entre sombras, que las paredes están llenas de cuadros de todos los tamaños.

Se adentra en la exposición al tiempo que se cierra la puerta al pasar, lo cual, provoca un grito ahogado. Daniel no se esperaba tal portazo, entre el estrépito y la oscuridad que le rodea, casi muere del susto. Aunque sus temores se disipan en cuanto levanta la vista del suelo y descubre que siguen ahí, frente a él, emanando luz en su fluir evanescente.

Un grupo de orbes blancas revolotea a su alrededor durante unos segundos. Hay esferas de diferentes tamaños e intensidad lumínica. Algunas se mueven en zigzag contrastando con otras que, cual "chispillas" de luz, atraviesan la galería en décimas de segundo.

Daniel está fascinado intentando seguir con la cámara a los misteriosos seres. Pero, a veces son tantos, que le resulta imposible enfocar a todos dentro del mismo encuadre. Empieza a estar harto del teléfono, demasiados detalles a tener en cuenta. Entonces, los mira directamente y vuelve a comprobar que sin el visor, no hay nada que hacer. Simplemente desaparecen. Se desvanecen al instante.

Reanuda la observación de los orbes a través de la cámara, está viviendo una escena sublime en un salón tan grande y elegante como nunca hubiera imaginado. Daniel aprecia el lujo sobrio y refinado en cada rincón de este espacio. Y jamás habría podido disfrutar de semejante espectáculo de luz, de no ser en esta babilónica sala tan majestuosa y tan llena de dorados por doquier. Si no es por un brillo es por otro pero, al final, cae rendido al hechizo de las luces y se deja llevar por la imaginación. Sin desatender su parte racional, eso sí. —No creo que aquí vivieran gigantes. Pero reyes, seguramente...— Al igual que sucede con las urracas, el oro es su metal preferido y aquí luce divinamente, entre las obras de arte y los seres luminosos que vuelan sobre su cabeza.

Decenas de esferas de diferentes tamaños y colores, danzan alrededor de la estancia como si de un baile de almas en libertad se tratara. Él los sigue con la mirada, se siente totalmente atraído por estas energías recién descubiertas. —¿Quienes sois? —

Aunque siempre ha sido un niño muy miedoso, Daniel no siente inquietud alguna pese a lo extraño de la situación. Más bien, todo lo contrario. Una intensa sensación de paz y alegría bulle en su interior. Parece felicidad, tiene muchas ganas de jugar con "las bolas de luz". Y lo que es mejor: se siente muy agusto en este lugar.

Capítulo 7

A la velocidad de la luz

Marco vuelve a por Daniel con una piruleta en la mano. Al asomar su cabeza en el despacho para recoger al niño, advierte, con gran alarma, que ya no está. Aprovechando que los padres, maestra, policías y otros colegas de profesión siguen enfrascados en la reconstrucción de los hechos, va a buscarlo sin alertar a nadie. No quiere añadir preocupaciones antes de tiempo. —Bastante tienen con la desaparición de su hija como para angustiarles con el niño pequeño. Estará en el baño o andará perdido por algún pasillo...—Sumido en un mar de pensamientos, recorre diferentes estancias del museo mientras intenta ponerse en el pellejo de un niño de siete años.

Primero revisa los baños públicos, pero allí no hay vestigio de Daniel por ninguna parte. Luego, se dirige hacia la exposición grande y para ello, atraviesa un espléndido pasillo lleno de obras de arte. —¡¿Dónde se habrá metido el chaval?! ¡¡Qué necesidad!!—A continuación, llega al salón en el que luce la magnífica lámpara, se detiene a contemplar la belleza del conjunto. Fija la vista en los jardines que se aprecian desde los ventanales y sin saber en qué momento, el sonido ahogado de unos aplausos lejanos y lo que suena a risa de un niño, al que parece conocer bastante bien, le recuerda el motivo de haber llegado a la galería —¡Daniel! Menos mal—Suspira aliviado mientras se dirige tranquilamente hacia la puerta de la exposición. Ahora que sabe dónde está el pequeño, no hay nada que temer. —

Todo controlado—Piensa el psicólogo. —Necesitaba jugar y olvidar tensiones.—Sonríe entre pensamientos.

Al otro lado de la puerta, Daniel sigue fascinado con los orbes o con lo que quiera que sean esos seres de luz. El niño siente la energía que emanan y se comunica con ellos por telepatía. Sea lo que sea y como sea, lo percibe en lo profundo de su mente. Primero siente algo en su cabeza. Luego, esa sensación que invade su corazón y es entonces, cuando sucede: Recibe respuesta al instante.

Acción—reacción y sin previo aviso. Y pasa sin la necesidad de hablar, usando sólo su pensamiento. Es algo irracional. De pronto, aflora un diálogo mental en el que se disipa cualquier duda. Y es tal el entusiasmo del niño y tan espontánea la respuesta que recibe, que ya los ve por sí mismo, sin que tenga que grabar o usar el visor del teléfono.

Daniel realiza sus comprobaciones varias veces seguidas (lo que supone mirar fuera y dentro del visor). Y siempre llega a la misma conclusión: —Los veo sin usar la cámara ¡Increíble!—

Percibe varias esferas blancas, otras azuladas, verdes, violetas y doradas. En medio de todas ellas, una mucho más grande y luminosa que el resto. Esta bola anaranjada, cuasi gigante, se desliza hacia uno de los lienzos de la galería y las demás la siguen al instante. Daniel corre tras ellas emocionado.

—Sí, si... ¡Quiero ir yo también!

Marco entra en la sala y descubre al niño hablando solo. Al menos, no hay nadie que le pueda contestar.

Ignorando por completo la presencia del psicólogo, se dirige como un cohete hacia el cuadro que preside la pared del fondo: La Noche Estrellada de Vincent Van Gogh.

—¡Estabas aquí, vaya susto...—Antes de que Marco pueda terminar la frase, Daniel se desvanece en el aire mientras atraviesa el gran lienzo que ensalza la pared.

El niño ha desaparecido en un visto y no visto, dejando a su paso una estela de luz y cierto olor a chamusquina.

Marco se dirige boquiabierto hacia ese punto concreto, sin saber qué sentir o pensar. ¿Incredulidad, desconcierto, alucinación? Lo cierto es que Daniel se estrelló contra el cuadro y se volatilizó. Al menos, la pintura parece intacta, lo que supone un mínimo consuelo para él. —¡No hay rastro del niño! —Con gran estupor, confirma sus sospechas cuando llega a los pies del lienzo: No ha quedado nada salvo el teléfono móvil, sus gafas y un montón de ropa esparcida alrededor de la pintura de Van Gogh.

No entiende absolutamente nada de lo sucedido, ha visto lo que ha visto. Y no está loco, no cabe la menor duda al respecto, alguna explicación tendrá. Lo que no sabe es cómo se lo va a contar a los padres de Daniel, a la maestra, a los cuerpos de seguridad, ... —¡Dios mío! —Se marea sólo de pensar en la cara que pondrán cuando se enteren de esto.

Vuelve por donde ha venido hecho un manojo de nervios, intenta encontrar alguna solución sin demasiado éxito. Movido por una ansiedad incipiente, abre la piruleta que llevaba para el niño y la come con resignación al tiempo que camina presto. —¡Mi primer día de trabajo! ¡Fantástico! A ver qué explico ahora... Y todo por ser proactivo. Ay... Dios mío, no aprenderé...—

Capítulo 8
El Ágora de los deseos

Carmen y Teo permanecen en silencio, mientras observan el interior de la pastelería, desde la trastienda, se escucha al hombre de merengue refunfuñando por las injusticias de su vida.

—... Cualquier día cierro el chiringo y me voy donde "el bicho" no llegue. Y me importa un cacahué dónde sea, con tal de perder al pajarraco de vista. —El pastelero parece estar viviendo un tormento. No puede más por lo que da a entender.

Entre improperio y blasfemia, la niña contiene la risa a la par que observa el establecimiento. Se relame sólo de pensar lo ricos que deben estar los pasteles. Cada paso que da, se convierte en un aroma nuevo que acrecienta su gula. Le resulta imposible no salivar cuando advierte que las paredes son de esponjoso y aromático bizcocho. Le dan ganas de ir arrancando trozos y probarlo todo. —Si saben tan bien como huelen, serán exquisiteces...—La glotonería no le deja pensar con claridad, lo único que le motiva es el estómago. Por momentos, siente cómo se le desarrollan las papilas gustativas y la pituitaria va tomando el control de sus sentidos.

Contempla las lámparas suspendidas desde el techo, son enormes tartas de cumpleaños decoradas con cientos de velas encendidas. Y lo más llamativo: están colgadas hacia abajo, sin que por ello salpiquen cera ni se desmoronen las capas que las forman. Además, no se consumen ni se apagan por tiempo que pase y por mucho que se las sople. Las candelas de los deseos perdidos, contienen la ilusión que se genera durante el cumpleaños por eso mantienen su llama encendida. —¿Será que en este lugar el tiempo no se gasta?—Razona la niña.

En la pared del fondo, destaca un expositor cuya forma recuerda a la de una plaza griega, allí se aprecian todo tipo de dulces sentados a lo largo de las gradas. Algunos de los pasteles parecen muy competitivos entre ellos, saltan y levantan sus bracillos intentando llamar la atención de Carmen. Otros, con forma de ensaimada, argumentan al estilo aristotélico que supone un gran honor ser comidos por quien lo precise. Y más, cuando se elige sabiamente y con acierto el don necesario para crecer.

A éstos, les increpan un montón de pasteles miniatura conocidos como los marxistas; siempre con su lema del reparto y su conclusión respecto al derecho de ser comidos: Lo que es para uno es para todos.

—¡O todos o ninguno!—Manifiestan alguno de ellos con los puños en alto.

—Son tan pequeños que podría comerlos a todos de una vez.— Carmen se sorprende a sí misma con sus pensamientos y de nuevo, esa gula desmedida e incontrolable que la hace salivar y no le deja pensar en otra cosa que no sea devorar dulces.

—¡Aquí, aquí! —Grita esta sección de pasteles sin perderla de vista .

El pastelero sale de la trastienda con otra guinda roja a modo de nariz.

—Ahora que estoy completo y vuelvo a ser yo mismo, ya podéis saciar el hambre. —Mira hacia la niña con cierta desconfianza. —Si queréis, claro. Me sorprende que no estéis devorando paredes. Es todo cuanto poseo pero ya no me importa demasiado.—Carmen se acerca al expositor.

—¿Qué pastel nos recomienda?—Le pregunta al pastelero.

—Pues depende de la experiencia ¿Qué deseas? Por ejemplo, para rescatar recuerdos cualquiera de los que llevan rabo de pasas. En cambio, si buscas alegría, lo mejor será una palmera de chocolate. El ágora está llena de opciones: sabiduría, paciencia, intuición, fortaleza, voluptuosidad, refinamiento,...

Carmen le escucha con atención sin dejar de mirar a su verdoso amigo, quien no se percata de lo que sucede a su alrededor, hecho que se repite desde que se han conocido. Y aún así, no lo acaba de comprender, da la sensación de que cada uno estuviera en un lugar diferente, a pesar de seguir en el mismo espacio.

—Si me permitís —Alega una de las palmeras sin dejar de mirar hacia la niña, mientras se levanta y se sitúa en el centro del ágora.— Nosotros, los platónicos, somos justo lo que él necesita.—Señala a Teo al tiempo que mantiene el soliloquio —Sentimos la oscuridad que envuelve su alma… Demasiado tiempo en la caverna viviendo entre las sombras de la tristeza. La luz de la ilusión, es lo que aportaríamos y una visión más amplia del mundo exterior. ¿Verdad chicos? —Busca la complicidad de sus concomitantes, el resto de palmeras que ovacionan su discurso desde las gradas.

—En eso tiene razón. Los dulces platónicos son muy pasionales. —Aclara el pastelero.—De ahí su forma.

—Sin embargo, tú deberías recibir algo de raciocinio y nosotros somos ideales para ayudarte a pensar con más criterio. —Le explica uno de los aristotélicos a la niña y no llega a incorporarse de su asiento, ubicado a ras de suelo, cuando otro pastel le roba el turno y toma la palabra.

—Ya está bien de intentar convencer con argumentos fútiles. —Resalta un hojaldre relleno de nata mientras se dirige al centro del ágora.—Ella necesita desarrollar su intuición, le será más útil que el mero conocimiento intelectual. Como nosotros, que sin saber nada, lo acertamos todo.—Los demás hojaldres aplauden ante tal reflexión.

El pastelero le indica a Carmen que este dulce le va muy bien. Es de los llamados "Socráticos".

—Son alimento de la intuición, que nunca está demás, sobre todo, en este lugar.

Entretanto, Teo sólo ve polvo, mugre y telarañas en una casa que se cae a pedazos. En ningún momento percibe la exposición que acontece entre los pasteles, ni tampoco al hombre de merengue. No ve a nadie salvo a la niña gesticulando al aire. Teo observa sus movimientos con cierta preocupación, pero no se mueve de la esquina que ha elegido como su incómoda zona de confort, prefiere mantenerse al margen.

—¿No se puede comer uno de cada?—Pregunta Carmen al pastelero. —Es imposible decidirse.

—Es a mí a quien debes comer si quieres aplacar la gula. Debes aprender a no caer en la tentación, Carmenchina. —Indica un pastel de manzana.

—Y los estoicos siempre con sus lecciones sobre la virtud.—Aclara el pastelero. —Mira, elige el que más te guste, pero, eso sí, sólo se puede comer uno al día o su magia no haría efecto. Se produciría un colapso en la cabeza, sin mencionar la sobredosis de azúcar. Demasiada intensidad para el cuerpo. —Carmen mira hacia Teo y niega con la cabeza al verle tan decaído.

—¿Efectos mágicos, dices? —Pregunta de nuevo ella.

—Dependiendo del pastel, como ya te hemos explicado. —El pastelero mete la mano en el ágora y acaricia a un croissant que, al igual que un perrito con su amo, agacha su diminuta cabeza y mueve el cuerno cual cola.

—Tan sólo decir que un dulce así, jamás se olvida. Bueno, ni éste ni ninguno de ellos. De todos se aprende algo. —Puntualiza el pastelero.

La niña mira de reojo hacia su afligido amigo y comprende que necesita un poco de alegría en su vida, parece algo prioritario en este momento.

—Estás en lo cierto, Carmenchina. Tu amigo debe recuperar la felicidad perdida. La pena ha moldeado una caverna en su alma y el muy desgraciado, se ha acostumbrado a llenar los vacíos con telarañas de soledad. No le queda hueco para recordar quién es. Mis dulces y yo os queremos ayudar.—El hombre de merengue se sienta en un taburete con forma de cucurucho mientras coge una palmera de chocolate y en un periquete, la adorna con fresas y nata.

—¿Cómo estás tan seguro? No lo entiendo.—Replica la niña al pastelero.

—Lo conozco de sobra. El vacío de la incredulidad en uno mismo acaba con todo. —Saluda a la palmera con amabilidad y se vuelve hacia ella. —Haz que tu amigo se la coma y de algún modo, habremos vencido. Sorpréndenos. —La niña le mira angustiada.

—¿Qué puedo hacer yo? Mamá dice que aún soy demasiado pequeña para...

—Nadie es pequeño para ayudar. —La interrumpe con dulzura.— Sé tú misma, lo estás haciendo muy bien y ahora, dale el pastel. A ver si cautivamos su alma que del paladar no dudo. —Carmen coge la palmera con suma delicadeza, no quiere estropear el laberinto hecho de nata y fresas que la adorna.

—Como platónico de corazón, prometo rescatarlo de su propia cueva de tristura y sombras. Toda mi gratitud y respeto por ser el elegido. —Expone la palmera con mucha dignidad, al tiempo que hace una reverencia.

Carmen se acerca hasta Teo con el pastel en un plato y con mucho tacto, le pide que cierre los ojos y abra la boca. Pero, éste, como era de suponer, siente desconfianza ante tal petición.

—¿Qué pretendes hacer, diablo con trenzas?

—Confía en mí. Recuerda lo rico que estaba el barquillo que te di a probar, esto es mejor aún. Hazme caso "porfa". —Ella le hace pucheros y le guiña un ojo.—Me harías tan feliz...

—Recuerdo aquel trozo que probé y fue "el horror". Aun conservo su putrefacción en mi boca y si me descuido, escupo virutas, las tengo ahí pegadas. —Señalando su propio cuello.

—Esa vez no cuenta, te faltó confianza. —Se defiende Carmen intentando disimular la risa.

—Está bien, no sigas. Espero no arrepentirme, eh?.

Teo cierra los ojos con total confianza y abre la boca todo lo que puede. En ese instante, la palmera de chocolate salta y se introduce en su boca mientras hace una filigrana al estilo olímpico, con adornos incluidos y sin perder ninguno por el camino, el pastel llega hasta su campanilla. Entonces, cierra la boca y empieza a masticar sin atragantarse. Un golpe de sensaciones le asaltan: euforia, satisfacción, éxtasis total, júbilo, riqueza emocional,…. ¡Y el optimismo llega hasta lo profundo de su ser para campar a sus anchas!

—Siento empacho de esperanza ¿Será que se embriaga de bienestar mi alma? ¡Qué increíble y placentera sensación!—Expresa Teo con la boca llena. Luego, sigue masticando y degustando muy concentrado en su propio regocijo. Necesita saborear con calma esta sensación de resurgimiento interior.

Carmen se emociona ante las palabras de su amigo. Rápidamente, señala hacia el mostrador donde el pastelero les observa con cierto escepticismo.

—¿Ves ahora los pasteles, el ágora en la que se reúnen, al hombre de merengue y..?

—No veo a nadie salvo a ti, Carmenchina. Pero me siento muy dichoso con esta vianda. Gracias por ello. Mmm.. ¡Qué manjar de dioses! —Continúa su deleite sin dejar de mascar y por suerte, parece no terminar nunca. Por más que mastica, el dulce persiste en su boca. Y eso que saltó directo a la campanilla.

Pero el vacío que alberga su alma es tan profundo que el pastel no consigue expandir su efecto al completo, necesitaría comer cinco o seis dulces más para recuperar toda la alegría perdida. Aún así, cualquier mejoría es de agradecer.

Lo que resulta evidente para todos es que desde que se ha comido la palmera, Teo ha perdido el color verdoso que le caracterizaba. Predomina un tono rosado de piel pecosa. Por supuesto, bajo el llamativo efecto de la brillante pintura al óleo. Como todo en este lugar.

—Gracias por elegirme. A partir de ahora, escucharás la voz de tu intuición. No habrá pregunta sin respuesta interior aunque pienses que nada sabes. Y recuerda que si confías, siempre darás con la solución. —Le dice el hojaldre a la niña.

Carmen lo mira con muchísima pena, tanta, que se resiste a comerlo. La tierna y dócil disposición del pastel para ser engullido y saboreado, se lo impide. El pastelero los observa desde el otro lado del mostrador.

—Es su destino y también su felicidad. Fíjate, tu amigo aún se relame, el deleite causado por la palmera es infinito. Mira cómo disfruta. Y tú debes comer el tuyo o el hojaldre se sentirá despechado al no parecerte irresistible. —Explica el pastelero. —¿Lo entiendes?

Ella prefiere cerrar los ojos si tiene que comérselo, de hecho, lo está deseando. Aunque eso implique tragarlo vivo. —Resulta extraño y algo macabro, la verdad... Uff, no sé si podré hacerlo.— Sin pensarlo más, abre la boca todo lo que puede mientras el hojaldre la observa sonriente. Éste se despide contento agitando su diminuta mano, salta hacia el interior de la boca ejecutando un salto de tirabuzón, se impulsa con la lengua y en ese momento, Carmen completa la acción empezando a masticar aún con los ojos cerrados.

Una explosión de sabores eleva a la niña. Y una vez más, siente que vuela entre las estrellas. Tenía razón el hombre de merengue. Su paladar jamás olvidará esta fusión de sabores cuya magia endulza más allá de los poros de su piel. Y entiende al instante, que su amigo recuperara su color de piel.

—Carmenchina ¿Estás bien? —Teo le pregunta muy asustado al verla tan colorada y ojiplática, prácticamente como si estuviera en trance.

—Nunca me había sentido mejor. Qué pastel tan delicioso. Pobre, descanse en paz.—Se vuelve hacia el pastelero para darle las gracias por tan fantástica invitación.

Algo dentro de ella ha cambiado y así lo siente. Una voz interior le susurra que no pierda más tiempo. Deben aprovechar la magia de los pasteles. Está de maravilla en esa casa construida a base de exquisitas chucherías, pero su aventura en "DULCE Y RÍA" ha concluido. Al menos, por el momento.

Se despide con un efusivo abrazo del pastelero y de los pasteles miniatura con la promesa de volver, no quiere que sigan tristes por no elegirlos en esta ocasión, la próxima vez serán ellos.

—Ya sientes la voz de tu intuición ¿verdad? —Carmen asiente con la cabeza —No olvides los sabios consejos de quienes se dejaron comer para ello. —Le recuerda el pastelero desde la puerta de regaliz. —¡Mucha suerte Carmenchina!

Se han alejado tanto, que apenas pueden oírle. Quien sí lo escucha es el pájaro acechante de cada día que, tal y como acostumbra, vuela en picado para comerle su roja nariz y todo lo que pueda.

—¡Maldito pajarraco del demonio! ¡Bicho asqueroso, glotón y rastrero!

Capítulo 9

Perdido en la tormenta

Carmen observa embobada el rostro pecoso de su amigo y revisa su barba con especial atención. Ni es tan larga y espeluzada como antes, ni del mismo color. Ahora se ve anaranjada, de un tono tan intenso que recuerda al fuego vivo. Teo parece haber rejuvenecido unos cuantos años. Y sin embargo, su edad sigue siendo incalculable para ella.

—Ya no eres verde. ¿Te has fijado?

—Qué cosas tienes, nunca lo fui.—Le responde ofendido.

—Pues yo te veía muy verde y viejo, la verdad. Pero has cambiado. Todo en ti ha rejuvenecido, incluso tu barba se ha vuelto naranja, al igual que tu pelo. —Contesta ella sin dejar de observarle de pies a cabeza.—Y apostaría mi paga semanal, a que también has crecido desde que comiste el pastel.

—¡Qué me aspen si mis barbas no han sido siempre naranjas! Si bien es cierto, un mal día, el dolor de mi alma las quiso blanquear. Pero ya no hay sufrimiento en mi ser... Curioso.—

Carmen lo mira sin pestañear. Aprecia que se han esfumado en su rostro los surcos de aflicción que antes le caracterizaban, al igual que otras arrugas. Sabe que no tiene demasiada lógica rejuvenecer, sería algo insólito, lo nunca visto. Aunque haya alguna leyenda al respecto. —¿Hay algo normal en este lugar? Estoy en el mundo al revés, aquí todo es al contrario de lo que debería. Y cuanto más absurdo, mejor. —Cavila la niña.

Concentrado cada uno en sus propios pensamientos, continúan el camino sin pronunciar palabra. Tras una curva sinuosa, se tropiezan con un enorme y lentísimo caracol que viene en dirección contraria, avanza sin levantar los cuernos del suelo, mostrando evidente esfuerzo en cada milésima de tramo que recorre con gran lentitud.

—¡Buenos días, Sr. Lechuga! —Saluda Carmen dejándose llevar por una intuición que roza la clarividencia.

Aunque es la primera vez en su vida que se cruza con el caracol, ha sabido su nombre desde el primer instante. Y no sólo eso, presiente que si concentra su atención, podría adivinar muchas otras cosas del molusco. Carmen detecta en su naturaleza más profunda, una sabiduría interior nueva para ella. —El poder del hojaldre, no hay duda. —Los pensamientos de la niña se mezclan con las reminiscencias de sabor y su deliciosa intensidad, aun perdura el gusto en el paladar. —¡Qué rico, madre mía!—

Teo sonríe sin saber a quién e incluso, al escuchar a la niña, hace un ademán con la cabeza a modo de saludo. También está sintiendo cambios en su interior, a parte de los físicos. Sin embargo, no es consciente de la causa de su mejoría y menos aún, de la falta que le hacía. Se siente distinto a otros días, algo más completo y un poco menos infeliz. Hoy no lo ve todo tan negro y desde luego, no se siente tan solo como acostumbraba. Hoy es un día distinto en el que asoman cambios importantes para su alma. Aunque no sepa por qué ni a qué es debido.

Teo sigue buscando con la mirada por si encontrara a alguien oculto entre los árboles. Le resulta evidente que, pese a no ver a nadie, hay un tal Sr. Lechuga por ahí cerca. No obstante, por más que se esfuerza, nada a la vista que llame su atención.

—¡Hola Carmenchina! Veo que has progresado en tus quehaceres.—El caracol repasa a Teo con la mirada y sonríe ante lo que ve. —¿Os hace una "carrerita"?

El Sr. Lechuga, mochila al hombro, empieza a calentar haciendo unos ejercicios con los brazos en cruz y los cuernos bien estirados hacia arriba.

Desde un árbol situado al otro lado del camino, una zarigüeya les observa tumbada en una de las ramas centrales, sostiene un cóctel del que va bebiendo de vez en cuando y luce una pajarita tan glamurosa como las gafas de sol que le cubren medio hocico. Mientras escucha al caracol, se desliza, con suma rapidez, a otra rama más próxima al grupo, pero nadie se percata de su presencia.

—Ejercicio mañanero, el mejor del mundo entero. Deberíais probar estos estiramientos. —Aconseja el caracol evidenciando fatiga por el entrenamiento.

—Los estiramientos son buenísimos.—Interrumpe la zarigüeya de una manera un tanto burlona. —Sobre todo, para el cutis. Yo también practico. Mirad.—Gesticula estirando el hocico a modo de mofa.

—Carmenchina ¡Estoy escuchando todo! ¡¿Quién habla con esa irreverencia?!—Pregunta Teo.

—Una zarigüeya algo maleducada, mira cómo ha contestado al Sr. Lechuga. Eso no se hace.—Asevera ella.

—No le deis importancia, chicos. No tiene la mente fresca como nosotros los atletas—El Sr. Lechuga empieza una serie de flexiones ante las carcajadas de la zarigüeya, que ahora se cuelga de la rama valiéndose de su largo rabo.

—Es bastante más sana y placentera una buena sesión de sol ¡Qué calorcito tan agradable! —Replica el marsupial.

Carmen, algo enfadada, reta a la Zarigüeya a una carrera en la que los cuatro presentes, están obligados a competir en honor a la salud y en nombre de su propia dignidad, si es que la tienen.

—El que suba a lo alto de la colina, toque la roca esférica gigante y vuelva a situarse bajo este mismo árbol, será el ganador.—La niña pretende demostrar que, tal y como expone el caracol, es más saludable practicar deporte que estar tumbado a la bartola. —Y lo importante no será quién llegue primero, sino, el hecho de que cuando corramos, no nos agotemos y podamos resistir todo el trayecto sin hiperventilar. Ganará el que llegue en mejores condiciones.—

Mientras deciden los detalles de la competición, el cielo se va oscureciendo sobre sus cabezas. En sólo unos segundos, los nubarrones negros lo cubren en su totalidad y de un momento a otro, parece como si se hubiera adentrado la noche oscura y profunda. El firmamento se convierte en una cúpula gigante, hecha de un negro abismal que no permite ver más que su brillo oscuro y penetrante. No queda rastro del sol, de las estrellas ni de cualquier otra luz.

—Deduzco que se acaba la sesión de rayos—Apostilla Teo mirando al aire, puesto que, al no ver a nadie salvo a Carmen, no sabe dónde se encuentra cada uno.

La zarigüeya se desliza rama arriba en un abrir y cerrar de ojos, se acuesta en la parte más gruesa durante unos segundos, levanta elegantemente sus gafas de sol para ver mejor y le da un lingotazo al cóctel como si tal cosa.

—Bobadas, cuatro nubes pasajeras. Y habla la voz de la experiencia, ¿eh?.—El marsupial se incorpora de manera súbita, al escuchar en la lejanía una tronada cual cañones de guerra.

—¡O nos damos prisa o nos coge el chaparrón! Mi casa es lo más cercano que tenemos, vamos corriendo. —Indica el caracol mientras señala hacia un punto del horizonte más allá de la mencionada colina.

—No entiendo porqué puedo escuchar pero no veo quién habla, resulta abrumador.—Comenta Teo.

—No te preocupes por eso, me verás a su debido momento. ¿Verdad Carmenchina?—Indica el caracol.

La niña asiente con la cabeza al tiempo que el Sr. Lechuga guarda la mochila en el caparazón y se va situando con cierta lentitud, entre Carmen y Teo. El trío de atletas comienza a correr tan rápido como puede cada uno, obviamente, el caracol se queda algo rezagado respecto a los otros dos. Busca un retropropulsor en los laterales de su concha pero no da resultado, debe estar sin batería.

Entretanto, la zarigüeya se sienta tranquila en la rama del árbol. Gracias a la supuesta amenaza de tormenta, se acabó el desafío impuesto por la puntillosa niña. Ya no tiene porqué ir a ninguna parte y menos, si es corriendo. Mira hacia el cielo negro sin asomo alguno de preocupación. Da otro sorbo al cóctel y se enciende un puro.

—Yo no correría ahora, ni por todo el oro del mundo. ¡Qué ordinariez!—Alega la zarigüeya despanzurrada en la rama al tiempo que echa una bocanada de humo.

En ese preciso instante, el sonido de un gran chispazo pone en alerta al grupo: Un rayo alcanza a la zarigüeya reduciendo su enorme puro a cenizas. Carmen, que al escuchar la centella se gira para ver la escena, se tapa la boca disimulando la risa. El animal ha quedado totalmente espeluznado, catatónico y chamuscado.

Acto seguido, se desata un diluvio de proporciones apocalípticas, hasta tal punto, que el diluvio universal pasaría a un segundo plano de catástrofes naturales. Simultáneamente, en la tierra se forma un aluvión de tal magnitud, que el camino se transforma en un copioso río lleno de remolinos, saltos y rápidos del que no hay manera de huir. Esa corriente es superior a cualquier fuerza que se oponga o intente resistirse. Todo cae a su paso.

El pueblo desaparece entre la enfurecida lluvia del cielo y las caudalosas aguas de la tierra. Árboles, casas y absolutamente todo lo que les rodea se desvanece bajo el temporal.

Y después, no queda nada. La devastación total.

—¡Esperadme! —Grita la chamuscada zarigüeya con todas sus fuerzas, confiando en que alguno de ellos pueda escucharla.

Pero la tormenta es atronadora y el torrente de agua recién formado, produce tal estruendo, que sólo se escucha el ruido del propio cataclismo. Nada más.

Las aguas siguen arrastrando aquello que encuentran en su recorrido. Aunque se han formado de la nada y en un visto y no visto, tragan con la voracidad de un cardume de pirañas, engullen con la misma virulencia y, al igual que ellas, nada dejan tras su paso. Este caudal se expande como la peste y no cesará hasta ocuparlo todo.

El Sr. Lechuga logra meter a Carmen en su concha y casi lo habría conseguido con Teo de no ser, porque en el último momento, se lanzó al agua improvisando el rescate de la zarigüeya. Milagrosamente, debió escuchar los agónicos alaridos del marsupial pidiendo auxilio.

Por increíble que parezca, Teo consigue mantenerse a flote empleando toda su maña y esfuerzo, se va acercando hacia el animal a pesar de los envites de las aguas, cada vez más enfurecidas. No puede verlo pero sigue su instinto. Y por supuesto, sigue, cual autómata, los quejumbrosos berridos del bicho. Cuando está a punto de tocar la cola del marsupial, este último, es arrastrado hacia un turbulento remolino cuyo tamaño aumenta por segundos.

—¡Vuelve al caparazón! ¡Es muy peligroso y aún no has entrenado lo suficiente! —Le Suplica el Sr. Lechuga mientras asoma los cuernos con cautela. —¡Te tragará a ti también! ¡¿Es que no lo ves?!

Teo percibe el terror en los bramidos de la pobre zarigüeya y se deja llevar por una intuición que, hasta ahora, comprende que tenía atrofiada. Hacía demasiado tiempo que no sentía la necesidad de seguir una corazonada y, llegado el momento, le resulta imposible no hacerlo. —Como en los viejos tiempos.—Algo dentro de él insiste en la importancia de salvar al marsupial. A pesar de no verlo, sabe que está paralizado por el miedo, mejor aún, lo siente en su alma.

Entonces, vuelve a nadar con todas sus fuerzas hacia el lugar de donde provienen los gritos de la zarigüeya, avanza tan rápido como le permiten sus cortas extremidades. Como se escucha más apagada por momentos, deduce que no hay tiempo que perder. Intenta darse prisa sin saber muy bien hacia dónde dirigirse, esquivando, como puede, el peligroso oleaje y lo que arrastra sumergido bajo la negrura que, aunque no puede verse, aniquila todo lo que pilla a su paso. Y a pesar de las súplicas del caracol, quien, a su vez, no deja de pedirle que regrese al caparazón, sigue nadando a ciegas, con todas sus fuerzas. Como si le fuera la vida en ello.

Contra viento, lluvia y tempestades, Teo consigue agarrar el rabo del marsupial, medio desfallecido por las interminables sacudidas de las aguas. El torbellino empuja al animal hacia su ojo y lo hunde en las profundidades. No obstante, Teo lucha contra corriente para salir del remolino. Tiene que salirse con la suya y salvar al marsupial, sea como sea.

Sin soltar la cola de la zarigüeya, prácticamente hundida y girando sin cesar una y otra vez, Teo sigue nadando con mucho esfuerzo. Por un instante, la cabeza de la zarigüeya parece asomar tras las embestidas del agua pero, finalmente, vuelve a sumergirse. Y con ella, pese a los incontables intentos por seguir a flote, también se hunde Teo que, por lo que sea, decide no soltar al animal. Un segundo antes de ser tragado por el agua, eleva y agita su mano a modo de despedida. A continuación, se pierde entre turbulencias y remolinos.

Carmen lo observa horrorizada desde la concha del Sr. Lechuga, quien la disuade de salir al exterior para exponerse también ella al desamparo del temporal.

—¿Volveremos a verlos, verdad? —La niña no puede contener las lágrimas.

El caracol titubea ante la pregunta e intenta distraerla mientras la invita a ponerse cómoda pero ella, al no quedar muy convencida, prefiere evadirse de la situación curioseando el abarrotado gimnasio que alberga la concavidad del caparazón. Allí dentro, descubre todo tipo de aparatos y máquinas de entrenamiento y alguna de ellas, específica para moluscos, lo cual le hace mucha gracia, pues no había visto ninguna hasta el momento y tampoco sabía de su existencia. El caracol le va explicando el funcionamiento de cada artilugio. Desde luego, nunca hubiera imaginado un interior tan espacioso y confortable.

Y ahora entiende porqué los caracoles pasan tanto tiempo dentro de su concha.

Capítulo 10

En la noria de las estrellas

Daniel continúa su viaje inter—dimensional. Sale de un vórtice de luz y cae por un tobogán luminoso cuya forma asemeja una espiral gigante hecha de luz dorada, tan intensa como cegadora.

El niño aún conserva su silueta antropomorfa y se desliza a la velocidad de la luz hasta el final de dicha espiral. Con total precisión, queda encajado en lo que parece un asiento de noria que, en ese instante, comienza a girar cual artefacto de feria.

Con cada vuelta, comprueba la elevada altura a la que se encuentra y también percibe que, bajo sus pies, no hay rastro de tierra por ninguna parte. En realidad, ha descubierto que no hay nada ahí abajo.

Daniel sólo gira sin cesar entre rayos de luz imperecederos. Y comprende entonces, que se encuentra en una estrella resplandeciente. De esas que tanto le gustan y siempre han llamado su atención. Ya desde que era muy pequeño las observaba fascinado, con sed de conocimiento. Y a continuación le asaltaban todo tipo de dudas, aunque nadie conseguía resolver sus cuestiones de manera comprensible. Eran preguntas complejas para cualquiera, incluidos los adultos.

Sigue observando con mucha curiosidad cada detalle. Por lo que parece, podría decir que él mismo forma parte de la propia estrella. Le resulta muy difícil entender lo que está viviendo. —Mi cuerpo ha debido quedar en el museo —piensa Daniel mientras se analiza así mismo.

Y no está muy equivocado. Ahora se encuentra en otro plano dimensional por eso carece de materia orgánica. No dispone de su forma física habitual, pues no la necesita. Su cuerpo energético es suficiente aquí. —¿Será mi alma?—razona Daniel sin dejar de examinarse. Puede percibir su forma humana traslúcida y brillante, por lo que deduce que no llega a ser un orbe. Sin embargo, es todo luz, al igual que los astros que fluyen en la extensión que lo rodea.

El niño disfruta ante cualquier cosa que ve o le sucede como nunca antes había experimentado. Y su admiración va en aumento, cuando las evidencias señalan que está viajando por el espacio sideral.

Daniel adora el espacio desde que era tan pequeño que casi no sabía hablar. Desde que su memoria alcanza a recordar le encantan los planetas, los astros, las nebulosas, también los satélites y sus nombres. Le gusta informarse sobre los asteroides y fantasea a menudo, con hacer carreras por los anillos de Saturno. Bueno, todo lo que tiene que ver con lo espacial, en realidad, le apasiona y ocupa gran parte de su imaginación. Aunque le cuesta creer que forma parte de un astro, la idea le seduce tanto que se acaba convenciendo de ello. —Nunca había soñado nada parecido.—

Su interés había empezado con las estrellas pero con el tiempo, se extendió a galaxias y universos. Ahora le fascina cuanto ve a su alrededor y lo que es mejor, se da cuenta que es parte del todo. —¡Hala! ¡Puedo respirar sin la máscara de oxígeno! ¡No necesito el traje de astronauta para mantenerme con vida! —Piensa el niño con gran entusiasmo.

Mientras sigue avanzando a lo largo y ancho de esa extensión espacial, Daniel reflexiona acerca de las ideas preconcebidas sobre el espacio exterior. Su veneración hacia el entorno estelar crece por momentos. Aún hay algo que no ha perdido todavía: Los maravillosos razonamientos infantiles que forman parte de su esencia, de su alma, aunque esté en proceso de desarrollo.

En el fondo, el niño sigue teniendo su propia personalidad, aunque empieza a sospechar que se ha convertido en una versión mejorada de sí mismo. Percibe en su ser algo que no había sentido antes, como si volviera a nacer su propia conciencia. Tal vez sea el hecho de liberarse por completo de su carcasa corpórea, de este modo, se siente en libertad y feliz, muy feliz. Tanto, como nunca antes había experimentado.

La estrella giratoria le permite apreciar el espectáculo de luces que, a su vez, proyecta el conjunto de astros cuyos respectivos movimientos rotatorios, se perciben nada acompasados entre sí.

Unas estrellas titilan suave luz rotando levemente. Otras, cual tambor de lavadora durante el centrifugado, dan vueltas, tan rápido, que Daniel no ve más que rayos fulgentes allá donde mira. —¡Menos mal que me han sentado en una lenta! —Piensa encantado ante el torbellino de luz. —Si no, vaya un mareo.—

El niño observa que bajo sus pies vaporosos, asoma una figura cuya forma podría parecer la de un dodecaedro que no deja de girar. Intenta contar los lados que se ven con cada volteo. Pero, en esa parte del universo, todo gira sin sentido, a lo loco y sin seguir ningún orden aparente. Es muy complicado contar todas las caras de la figura sin perderse en el recuento. En esas circunstancias de movimientos múltiples, resulta imposible.

Con cada rotación sobre su propio eje imaginario, asoma una de sus doce caras, lo cual, provoca gran curiosidad en el niño boquiabierto.

—¡Quiero verlo de cerca! ¡¿Qué es?! —Se comunica con los orbes.

Daniel aparenta estar solo, pese a que los seres que lo transportaron a ese lugar, continúan con él. Aunque no pueda ver las esferas de luz, las siente por ahí, a su alrededor. En su fuero interno, tiene la certeza de que son ellas quienes disipan todos sus miedos e inseguridades.

—¿Por qué no me acercáis hasta "eso" que gira...? ¿Qué es?

Se siente profundamente atraído por la figura geométrica que forma parte del infinito en el que todo da vueltas. Así como la estrella en la que rota de manera continua y sin que por ello, sufra vértigos o mareos.

En ese instante, siente una energía que impacta en su pecho y se extiende por todo su ser hasta llegar al interior de su consciencia. Halla respuesta mediante una sensación que le invade por completo.

—¡Carmenchina!—La expresión del niño muestra asombro al oír esas palabras dentro de su propia cabeza.

—¿Dónde? ¿Cómo me bajo de aquí? Está muy alto—Contesta a través del pensamiento sin dejar de contemplar la extraña figura giratoria.—¿Qué es? ¡¿Un planeta?!—Vuelve a preguntar lleno de curiosidad.

—Pues no es de nuestra galaxia. Y si lo es, no lo han descubierto todavía. —La sensación desaparece de su cabeza, Daniel cierra los ojos y piensa en visitar el planeta de los doce lados.

Y al momento siguiente, la estrella se desplaza con rapidez hacia ese desconocido cuyas caras van cambiando por segundos. Allí todo se mueve tan rápido como la luz. Incluidas las respuestas. Baste decir que al menor atisbo de duda o pregunta, asoma una réplica. Y Daniel sabe que son "esas bolas" de luz quienes contestan.

El niño vislumbra en su mente, con gran nitidez, uno de los doce lados del geométrico planeta. Distingue el paisaje de una frondosa arboleda bajo la luz de la luna. Poco a poco, aprecia otra escena diferente a la anterior y con mucha más precisión, puesto que su estrella, ya casi está sobre la órbita de esa figura. Al aproximarse, va descubriendo, cada vez con más claridad, la estampa de una preciosa noche estrellada sobre las aguas de un río ancho y caudaloso cuyo encantador muelle de madera, llama su atención. Es un emplazamiento fantástico para disfrutar del paisaje.

Centra su pensamiento en ese lugar y siente cómo se convierte en estrella fugaz. Desde la abstracción de su idea se funde con la masa etérea de la luz. Daniel es consciente que desde este nanosegundo, forma parte de un rayo energético. Lo único que le sigue uniendo al niño que siempre fue, es conservar su propio pensamiento.

Al entrar en contacto con la atmósfera de dicho planeta, se produce una tormenta eléctrica cuyos chispazos retumban en la lejanía. Truenos, rayos y centellas caen del cielo muy cerca de Daniel. Aunque tiene la certeza de que nada malo va a pasarle, se siente un poco asustado mientras atraviesa la borrasca. No le importa formar parte de la red eléctrica originada por la tormenta, tampoco el hecho de ser una chispa de luz o algo similar, sólo le inquieta el hecho de pasar tan cerca de estas descargas, cuanto menos, le suscita cierto respeto.

De manera espontánea y a muy poca distancia de donde se encuentra, se genera una descarga electromagnética. Con la impresión que le causa, acelera el ritmo de su voluntad todo lo que puede para llegar cuanto antes a lugar seguro.

Su estado de alerta le induce ciertos temores de no volver a ser un niño. Siente pánico con la simple cavilación de no recuperar su apariencia normal. Dicha inquietud se repite en la inmensidad de su pensamiento, provocando gran desasosiego interior. Tanto por la idea en sí misma como por esa inexplicable transformación de su ser. Antes no percibía el cambio de una manera infinita pero, ahora más que nunca, se siente parte directa del todo. Y entiende que será mejor no dejarse llevar por su mente racional humana, es limitante y provoca ansiedad. —Vivir el momento y sentir...—

Al percibir el vínculo con la fuente de energía, se apacigua la incertidumbre de cuanta duda asoma a su juicio humano. El miedo desaparece y vuelven a darse cambios en él. Sólo tiene que seguir los dictados de su alma, eso es todo.

En una milésima de segundo, el punto de luz que es Daniel, se transporta al interior de una gota de la lluvia que cae hacia el vacío cambiante, mientras el planeta sigue girando. Y con cada giro, muestra una cara distinta. Daniel llega a la atmósfera del dodecaedro sin perder la trayectoria, va directo a tierra firme. Ya no se deja apabullar por el miedo, sólo cae en forma de gota observando los cambios del planeta.

Tan pronto asoma un paisaje otoñal al atardecer, cuyos matices anaranjados tiñen los campos ocres, que varios hombres siegan a buen ritmo. Como al momento, cambia a otra escena de una noche estrellada sobre un pueblo en la montaña. Y al segundo, otro paisaje plagado de olivos. Y a continuación, un campo lleno de amapolas. Y así, una y otra vez. Constantemente. Cambio tras cambio. Ahora es de día y al instante de noche.

Mientras la burbuja de luz sigue cayendo, el dodecaedro cambia su faz a la par. Todo está en pleno movimiento.

Cambia. Todo cambia.

Y sigue cambiando. ¡Todo se mueve!

Daniel prefiere no mirar justo cuando advierte que se va a producir el impacto contra la superficie e incluso, en ese último instante, vuelve a cambiar el entorno que le rodea, de tal modo que, cuando debería producirse el impacto contra la tierra, siente cómo se funde entre las frías aguas del río sin perder la forma que le contiene en su interior. Se sumerge y vuelve a salir a flote dejándose llevar por las corrientes turbulentas, mientras su tamaño se hace más pequeño por segundos.

Daniel pasa de un universo infinito a un mundo infinitesimal. El volumen del muelle es de tal magnitud, que llega a desdibujarse perdiendo el sentido de la forma en su totalidad. La inmensidad resulta abrumadora pero, aún así, se siente contento de haber caído en este lugar. Le había gustado en cuanto lo vio de lejos pero, al fijarse en las estrellas, quiso acercarse para saciar su curiosidad, sin sospechar que sería tan fácil llegar a destino, como pensar en él. Ahora ya sabe el poder de la mente.

En el horizonte, un haz de luz blanca ilumina lo que parece una ciudad de cristal sobre el agua. La gota de luz en la que se transporta Daniel y que ya forma parte de él mismo, es atraída por la energía que desprende la enigmática urbe cristalina.

Bajo las esplendorosas estrellas, el niño sonríe ante ese desasosiego absurdo de no recuperar su forma humana. Si eso llegara a suceder, no le importaría en absoluto, al menos, en este momento concreto, ya que todos sus miedos se han evaporado, al igual que su cuerpo.

Daniel se siente muy feliz con esta nueva condición de su ser, aunque no sabría cómo definirla. Tampoco le preocupa encontrar o no, explicación alguna. —Soy lo que sea que tenga que ser, sin más. ¿A quién le importa eso? Además, viajo muy cómodo así. —

Le interesa disfrutar del movimiento rotatorio de los astros cuando mira hacia cielo, vivir la magia del instante presente bajo su propio influjo, escuchar el fluir del agua, el viento y por supuesto, esas voces que le susurran en el interior de su pensamiento y le repiten con insistencia: *"SÚPERDANIDANIEL, VEN HACIA LA LUZ."*

Capítulo 11

Una gota de luz

Daniel se desliza a través de la corriente acuosa, con mucha suavidad, ya que forma parte del propio torrente. Mantiene el mismo estado desde que amerizó en el dodecaedro, sigue siendo una chispa de luz en el interior de una burbuja de agua.

A medida que avanza, va sorteando rápidos, remolinos y algún que otro salto, pero, aún así, no deja de contemplar el verdor de los árboles que pueblan la orilla. Sus ramajes pomposos brillan en la oscuridad de la noche, asomando sus cuerpos energéticos llenos de vida y movimiento.

Aunque es la primera vez que experimenta un espectáculo natural de esa índole, Daniel se comporta con mucha tranquilidad y poco asombro. Ni siquiera el hecho de percibir las fosforescentes raíces que unen todo el reino vegetal bajo la tierra, llama su atención. Nada parece asombrar al niño. Y tal vez se deba, a la nueva condición de su ser. Al formar parte del todo y sentirlo en su alma, no hay sorpresas para él. Aunque la hermosura del entorno podría hechizar a cualquier observador del mismo, ya que es innegable la magia que emana el paisaje nocturno.

Avanza apreciando la belleza del ambiente que le rodea, sin importarle la cascada a la que se dirige estrepitosamente. El caudal aumenta de manera progresiva y las turbulencias del agua con él. Sin embargo, no se preocupa demasiado. Pase lo que pase, siente que no le sucederá nada malo. No tiene por qué preocuparse de nada. Sólo quiere escuchar las voces otra vez, no le han vuelto a llamar desde entonces. —SúperDaniDaniel... —Le gusta. Nadie había usado ese nombre antes, le suena lo suficientemente raro y original, no habrá otro igual. —SúperDaniDaniel...—

Ha evolucionado tanto desde que inició este viaje tan extraño y al mismo tiempo, tan fascinante. Jamás lo hubiera creído, nunca hubiera imaginado que podría vivir una aventura semejante y ser el protagonista de la misma. Se siente inmensamente feliz e importante, cosa que antes no pasaba.

En el mundo convencional nadie le tiene en cuenta porque es el "pequeñajo" de la casa, el juguete de todos, eso sí. Y le quieren mucho pero no lo toman en serio, es demasiado pequeño según el resto. Y siempre se lo recuerdan a todas horas. Sin embargo, en esta parte del mundo campa a sus anchas cual capitán general.

De pronto, observa que allí donde el río tendría que precipitarse hacia el vacío, descubre una columna de agua que emerge hacia el cielo. No produce ningún sonido, ni siquiera sutil y mucho menos ensordecedor, como sería lo habitual en esos casos. Comprueba que, cuanta más altura toma dicha columna acuosa, más luminiscentes y etéreas se perciben las gotas de agua que la forman, dando lugar a chispazos de energía que se entrelazan.

No se trata de una cascada que salta hacia abajo, sino de una que se eleva de manera extraordinaria hacia donde el ojo humano deja de percibir. Se alza mágicamente hacia esferas superiores. Unas que están sin estar ahí, no se ven pero se sienten. El agua sigue su curso hacia este lugar etéreo lleno de luz blanca, cuyo intenso brillo no molesta al mirar, si no todo lo contrario. Esa luz depura la mirada y todo lo que hay más allá de la mirada en sí misma. Purifica el pensamiento.

Daniel se dirige hacia dicha catarata inversa y comprende al instante, cuanto más se acerca, mayor es la intensidad con la que se expande de amor su alma.

Experimenta una maravillosa sensación de limpieza energética, paz espiritual, amor incondicional, verdadero sosiego... Le dan ganas de llorar de amor, está lleno de dicha y se siente tan afortunado de estar aquí, que no lo cambiaría por nada —Me estoy expandiendo por dentro...—Algo desconocido para el niño hasta ese momento, al menos, no lo había vivido a esos niveles de profundidad. Es la felicidad en estado puro.

La gota de luz en la que se ha convertido Daniel es absorbida por la cascada, dando comienzo su ascensión através del caudaloso chorro silencioso. Sigue un auténtico torbellino de agua que sube sin dejar de dar vueltas, mientras se deja llevar envuelto por esa plenitud espiritual. Todo sucede al mismo tiempo: eleva su alma, gira y se llena de amor incondicional.

Pese a la impactante fusión con la fría masa de agua, Daniel no siente su cuerpo etéreo desdibujado. Aunque sigue siendo "agua con luz" o quién sabe ya lo que es exactamente, hace tiempo que ni se lo plantea, nunca se había sentido tan él mismo como en este espacio—tiempo. Se ha desprendido de todo lo supérfluo hasta quedar su verdadera esencia, su real ser.

Cuando quiere lamentarse del mareo, sin saber cómo ni por qué, brota de un manantial ubicado en el centro de una ciudad majestuosa. Construida, en su totalidad, del más fino y pulido cristal de cuarzo que se pudiera imaginar.

Continúa emitiendo luz desde el núcleo de la burbuja de aire que contiene la gota. Esta chispa de luz, que ahora es Daniel, sale despedida de la fuente al tiempo que recupera su figura humana, mantene su estado etéreo sin llegar a materializarse. Bajo esta nueva apariencia, se podría decir que se percibe su aura dorada.

Con tanto cambio experimentado en tan poco tiempo, este estado es con el que más cómodo y pleno se encuentra.

Examina cada uno de los detalles que aprecia de su nueva constitución y le encanta todo lo que ve. Sobre todo, llama su atención la cantidad de galaxias y órbitas en movimiento que contienen sus piernas traslúcidas. No puede dejar de mirar para ellas. Son todo movimiento. —¡Estoy lleno de galaxias! ¡¿Seré un universo?!—

Capítulo 12

El pozo negro de la tristeza sin fin

Carmen y el Sr. Lechuga continúan río abajo, refugiados en el interior del caparazón. Desde una pequeña ventana redonda, comprueban la desolación causada por la tormenta. Las casas del pueblo han sido devoradas por las corrientes tempestuosas que se formaron en un santiamén. En cuestión de segundos, hicieron desaparecer todo tras su paso. No queda nada del mundo de fantasía que se encontró al llegar al cuadro y tampoco hay rastro de sus personajes. —¿Habrán muerto todos? Espero que no, es un lugar mágico.—Carmen procura no darle demasiado pábulo a estos pensamientos y se centra en mirar por la escotilla. Necesita encontrar alguna señal de vida exterior, del tipo que sea.

Pero fuera no ve nada salvo lluvia, mucha agua y oscuridad.

La pequeña concha se precipita por una cascada de infinita altura y cae hacia la negrura de la poza, sin que se vislumbre el fondo de la misma. Inmersos en las profundidades de las aguas, se hunden lentamente sin poder remediarlo.

El Sr. Lechuga se muestra muy nervioso mientras comprueba con insistencia, que todo siga cerrado herméticamente. —Si por una fatalidad entrase agua al interior... ¡Mejor no pensarlo!—Mantiene un discurso consigo mismo, no quiere alarmar a la niña con sus preocupaciones pero la situcaión está tomando un cariz más que delicado.

Entretanto, el descenso al fondo acuático se hace interminable. Carmen aguza los sentidos pero sigue sin ver nada através del ojo de buey. —Ni que estuviéramos viviendo veinte mil leguas de viaje submarino.—Ya a punto de darse por vencida, advierte cierto resplandor en una zona un poco más profunda. Percibe un grupo de náyades, tan primorosas en sus rasgos como elegantes nadando, sus movimientos cadentes seducirían a cualquiera. Ella les hace señas desde la ventana con la idea de captar su atención. Y sus voces se escuchan delicadas cuando entonan una melodía atrayente y armoniosa.

—¡¿Estás loca?! —Le dice el Sr. Lechuga aseverando con las antenas. —Son una trampa mortal o peor aun, sempiterna. ¡Cruel tortura quedar atrapados con sus canciones!

—Oh.. A mí me gusta como cantan y son tan guapas…—Apostilla Carmen sin quitarles el ojo de encima.

No obstante, el atractivo grupo de ninfas se desvanece entre las aguas oscuras pese al lamento de la niña. Ella no las ve horrendas, sino todo lo contrario. Le parecen realmente fascinantes y hermosas.

Por otra parte, la concha sigue cayendo sin cesar, hacia el más profundo de los abismos imaginados, es tal su profundidad, que deben llevar horas en caída. Carmen ya observa el descenso con muecas de aburrimiento en la cara. —Este lugar parece no tener fondo, jolín.—

Y un fuerte golpe contra el caparazón, pone de manifiesto la preocupación del molusco y a su vez, despierta el interés de la niña. Ésta, aprovecha para fisgonear por la ventana con un motivo plausible, algo más allá de la mera curiosidad. Descubre a una rana hercúlea sujetando con auténtica fuerza la concha del Sr. Lechuga. Y, ya sea por esa fuerza telúrica o por la suerte del destino, lo cierto, es que consigue detener el declive hacia el oscuro precipicio sin fin.

Entendiendo que las casualidades no existen, el Sr. Lechuga gesticula valiéndose de las antenas como muestra de agradecimiento al anfibio que con la resistencia de un titán, mantiene las ancas en movimiento, evitando así, el descenso del caparazón. Y poco a poco, los empuja hacia arriba al tiempo que croa a plena branquia.

Por lo que se aprecia desde la escotilla, el esfuerzo del batracio es digno de elogio, es algo superior.

El caracol lo contempla con una mezcla de fascinación y envidia. Esa rana es justo el tipo de deportista que le hubiera gustado ser. —Ignominias de la vida.—Piensa resignado.

A la voz de la rana aparecen dos peces globo. Con mucha agilidad, los peces sujetan la coraza mientras mueven sus aletas a máxima potencia. Uno de ellos le guiña el ojo a Carmen, justo antes de abrir la boca e hincharse casi hasta reventar. Al momento, los dos peces escupen el agua para propulsarse y subir con más ahínco hacia la superficie. Tanto rana como peces globo, empujan el caparazón con tal empeño que, en un abrir y cerrar de ojos, consiguen salir fuera del agua.

Resulta un acto heroico e increíble, el hecho de llevarlos hacia la orilla en tan sólo unos segundos, cuando llevaban horas sufriendo un descenso estrepitoso. Es algo totalmente incomprensible para el caracol. —O llevan reactores o han usado magia... De cualquier modo, les debemos la vida.—Y se siente muy agradecido por ello, a pesar de la pelusa que le genera.

Sale del interior de la concha manifestando una gratitud infinita, no sólo por haberles traído a tierra firme, sino por haberlo hecho en el momento preciso, cuando la esperanza de salvarse estaba al límite de la extinción. Ahora se sienten tan aliviados como agradecidos, para ellos hubiera sido imposible salir de aquel pozo sin fondo, no sin ayuda. Estaban perdidos, con la desesperación de ver sus vidas truncadas y la impotencia de no poder hacer otra cosa que esperar. Y entonces, sucedió el milagro.

—Casi no llegamos a tiempo de sacaros del pozo negro de la tristeza. —Comenta un pez globo.

—Hay quien no ha tenido esa suerte. Es peligroso pasar allí demasiado tiempo.—Advierte la rana.

—Oh sí, es tan horrible ese lugar. Vacían toda la cordura y sensatez que uno tiene, para llenar el vacío de pena. La locura llega después. —Asegura temeroso el otro pez al tiempo que se infla casi hasta reventar.

Una mosca revolotea ante los ojos de la rana que sin poder evitarlo y estirando bien la lengua, va tras ella saltando de piedra en piedra, hasta que consigue cazarla. La satisfacción de engullir, provoca un acto reflejo en el batracio, tanto, que acentúa aún más, sus enormes ojos saltones. Mientras se relame con gusto, hace una seña hacia el grupo indicando que tienen que irse.

Tras despedirse de Carmen y del Sr. Lechuga, los hinchados peces se dirigen hacia la rana moviendo las aletas con mucha gracia.

—Me horroriza pensar que puedan estar atrapados, sería terrible. Pobrecitos...—Comenta la niña con tono de inquietud.

—Posiblemente...Mal que nos pese.—Se lamenta el caracol.

Ambos reanudan la marcha cabizbajos, a través del camino que se abre entre la espesura del bosque. Una vez terminada la tormenta, todo ha vuelto a la normalidad, como si nunca se hubiera desatado el diluvio. Siguiendo los cánones de este lugar tan misterioso e incompresible ya que, desde el punto de vista racional, no hay explicación posible para tal fenómeno. De un momento para otro, volvió la calma.

La tierra vuelve a estar seca, como antes de producirse el torrente. Todo sigue en su lugar, los árboles, arbustos, el camino,... Como si nada hubiera pasado. Como si todo hubiera sido producto de su imaginación. No hay rastro ni señales de la catástrofe vivida. Tampoco de Teo ni de la zarigüeya, encontrarlos supone un gran reto para Carmen. —Al pozo de los horrores... ¿Cómo llegar si no es ahogándome? No sé...—Niña y caracol caminan en silencio con aparente tristeza, sumidos por completo en sus pensamientos. Cada uno a lo suyo, sin que importe demasiado no conversar con el acompañante. Sólo avanzar es lo que cuenta.

A pocos metros, divisan un enorme repollo iluminado en lo alto de una colina.

—¡Por fin! Mira al fondo, Carmenchina. ¡Es mi huerto encantador!—El caracol hace ademán de adelantar a la niña pero no lo consigue.

Carmen no sólo aguanta la risa ante los esfuerzos inútiles del Sr. Lechuga, sino que, además, intenta caminar lo más lento posible para no deprimir al caracol. Es evidente que incluso sin esfuerzo, ella avanza más rápido. Pero la mentalidad de superación que posee el molusco es excepcional y sólo por eso, no lo quiere desilusionar.

Capítulo 13

El huerto encantado

—É ahí, mi hogar. Amadísimo y precioso hogar...Y tan añorado, además.—El Sr. Lechuga se apresura camino arriba mientras se seca el sudor con un pañuelo que saca de la manga.

Carmen, sin prestar demasiada atención al caracol, mira llena de curiosidad hacia el supuesto hogar del Sr. Lechuga. —Parece la huerta de unos gigantes, por el tamaño del repollo.—Aunque está tan oscuro que le cuesta una barbaridad distinguir la extensión que abarca. Tampoco se aprecia nada en el interior del recinto. Sólo esa col gigante e iluminada al fondo.

Al llegar a la valla que delimita el huerto, una hilera formada por incontables luciérnagas, enciende mágicamente su luz a lo largo de todo el vallado, dando lugar a una danza de luces nunca vista por la niña, entre tintineos y destellos no sabe hacia dónde mirar. La gran puerta de madera capta su interés en cuanto la ve situada al fondo, tan distinguida e imponente . Y no por la anchura que ostenta aunque se ve señorial, sino, porque pareciera tener vida propia. Según se acerca, comprueba que la enorme bola situada en la parte central, corresponde a su cabeza y la está mirando desafiante. Casi sin pestañear. No le quita el ojo de encima durante todo el recorrido.

Carmen mantiene la mirada fija en su impoluto moño plateado. Con cada movimiento de cabeza, emite miles de destellos. Cualquiera podría pensar que muestra enfado con tanto meneo. De hecho, al gesto de su cabeza, se suma el exagerado arqueo de una de sus cejas, lo mantiene hasta que el Sr. Lechuga se plantifica ante sus narices.

La niña se sobresalta al darse cuenta que también la mira a ella con cara de cuerno quemado. De lejos parecía curiosidad. Sin embargo, frente a frente es bien distinto, cuanto menos, está molesta con su presencia. Lo que le induce cierto temor. —¿Habré hecho algo mal?—Las dudas acechan su tranquilidad.

—Si a la huerta mágica quieres entrar, el acertijo habrás de adivinar.—La puerta no deja de analizarla con su mirada inquisitiva.

—Nunca he sido buena con las adivinanzas pero si me ayuda el Sr. Lechuga tal vez acierte.—Contesta Carmen con sus grandes ojos verdes abiertos de par en par.

—No puedo ayudarte en esto. Son las normas. Pero escucha a Doña Cancela con atención, la respuesta está en tu interior. Y sólo vale lo primero que se te viene a la cabeza.—El Sr. Lechuga cede la palabra a Doña Cancela.

Y ésta, se lo agradece con una ligera reverencia de cortesía. Acto seguido, comienza a recitar con su profunda voz de soprano.

—¿Quién es de tanto volar, que vuela al punto más alto; cielo, tierra y mar traspasa, pero no ocupa lugar? —Doña Cancela mantiene la mirada atenta en el rostro de la pensativa niña.

—¿Podría ser...

—¡Piénsalo bien antes de contestar! No podrás entrar aquí si respondes mal.—Interrumpe Doña Cancela sin mover ni un pelo de su rígido moño.

—¿Alguna otra pista? ¿Por favor?

—Si te fijas, te acabo de dar otra. Presta atención y "pieeeensa". —Recalca Doña Cancela.

—A ver, déjame que piense… —La niña se frota la frente con los ojos cerrados para intentar visualizar la respuesta en su cabeza.

Carmen tiene que centrarse en la solución y obviar la posibilidad de fallar. Lo importante ya está hecho. Sólo debe escuchar su voz interior, en su intuición está la respuesta correcta. Por encima de cualquier otra voz en su cabeza, sólo su instinto y nada más. Ahora posee el poder del hojaldre socrático, ¿qué puede salir mal? —"no sabe nada pero lo acierta todo".—Este recuerdo asoma un aire de satisfacción a su rostro y su mirada denota más confianza.

—¿Es el pensamiento?—Responde contenta.

Tras escuchar la solución de la niña, la puerta se abre tornando su expresión tosca y desagradable por otra sonriente.

—¡Muy bien Carmenchina!—Aplaude el caracol.

—Mamá siempre nos recuerda lo importante que es la imaginación y también nos dice, que dejemos volar nuestros pensamientos, tan alto, que el aburrimiento no pueda alcanzarnos.—Explica Carmen mientras Doña Cancela vuelve la mirada hacia el molusco.

—Te esperan desde hace horas, caracol.—Le increpa la puerta despectivamente.—Date prisa, por tu propio bien.

El lento animal gesticula con los cuernos y su expresión denota angustia profunda. Se adentra en el huerto sumido en una preocupación que Carmen no acaba de entender. —¿Quién le estará esperando? Por lo menos alguien peligroso, o con poder sobre él. ¿Será su jefe?—Sigue caminando tras el molusco y va alucinando con el entorno, repasa con la mirada la inmensidad que les rodea, pero su vista no alcanza para divisar todo lo que alberga el huerto y la infinidad de peculiaridades.

Donde antes había oscuridad, silencio y vacío, llama su atención el bullicio y la cantidad de seres que corretean, danzan, bailan y cantan alegres por el vergel. Pero sólo se descubre al cruzar la puerta y al adentrarse, no antes. Visto desde fuera, parecía un lugar abandonado con un repollo gigante plantado en medio. La niña empieza a no sorprenderse por la magia o las excentricidades típicas de esta parte del mundo. Tampoco le da importancia al hecho de que las apariencias cambiaran justo al traspasar los límites de la puerta. —No antes.—Sonríe para sus adentros.

El huerto parece una villa mágica donde hortalizas de dimensiones colosales, dispuestas a lo largo de bancales, son las viviendas de cientos de insectos, caracoles, animales de la zona y lo más gratificante para Carmen, de una recua de seres fantásticos. Las ramas de los árboles están llenas de vida y en los troncos también se ve movimiento. Hasta en las raíces se perciben moradores. Se mire adonde se mire, se respira vida y encanto por toda la huerta. La habitan todo tipo de bichería, fauna y vegetación extraña.

En especial, llama su atención la formación de unos arbustos gigantes llenos de lunares, cuyas flores son enormes mariquitas observando las estrellas. Y a su lado, un árbol azulado en cuya copa frondosa, cientos de vencejos pequeños realizan prácticas de vuelo. Perfeccionan sus acrobacias aéreas mientras sobrevuelan el huerto y sincronizan entre ellos, el esparcimiento de confeti, serpentinas y purpurina luminosa. —¿Será polvo de hada? —Carmen aprovecha cualquier oportunidad para meter su cuña de fantasía.

Por lo que sospecha y haciendo un análisis rápido del recinto, están celebrando una fiesta. Abundan los farolillos de colores y guirnaldas a lo largo y ancho de la babilónica parcela. En todas partes hay adornos. Está abarrotado, podría decirse. —Excesivamente decorado.— Piensa la niña repasando cada rincón con la mirada. Pero, aún así, le maravillan la infinidad de luces, colores con toda gama de tonalidades y los cientos de ornamentos que visten el huerto. Aunque esté sobrecargado desde el punto de vista decorativo, el conjunto resulta espectacular. — Es hermoso... ¡Me encanta! Y el pobre Sr. Lechuga sin disfrutarlo.—Carmen intenta analizar el gesto del caracol pero, rápidamente, el entorno vuelve a eclipsar su atención.

Caminan con lentitud entre dos bancales de desmedido tamaño, por no hablar de las gigantescas plantas de calabazas, calabacines y berenjenas que lucen a cada lado. Bajo una flor de calabacín, precisamente, distingue la figura de un sátiro tocando una flauta hecha de caña de bambú. A su lado, una pareja de ciempiés bailando al son de la melodía que acompañan cientos de grillos con su tono "agudillo". Frente a este grupo, otro sátiro escanciador de sueños y leyendas cautiva con su voz a las ninfas que le rodean. Se añaden a este corro del "cuentacuentos", varios duendes de pelo anaranjado muy parecidos a Teo. —Quizás sean familia, aunque no se acuerde de ellos.—Presupone.

En realidad, en cada rincón del huerto se aprecia movimiento, diversión, mucho bullicio, música,... Individuos de todo tipo brincando y correteando felices. Allá donde pone la mirada hay vida. Pasan cerca de otro grupo de seres elementales que, alrededor de una gran calabaza, danzan cogidos de la mano de más elfos, enanos y duendes. Y un poco más alejados, varios centauros charlan al calor de una gran hoguera. —Igual está ahí la pareja que observé al llegar a este mundo.— Recuerda la niña.

Entre tanto revuelo, una manada de caballos voladores llegan desde las estrellas y sobrevuelan el huerto, dejando a su paso una estela de nubes de algodón que, a su vez, cientos de luciérnagas alcanzan. Se crea un efecto de luz evanescente sobre el hortal que se extiende al compás del vuelo de pegasos. —¡Qué maravilla! Sabía que existían y mamá tenía razón. Cuando se lo diga a Daniel se va a enterar.—

En otra zona y al cobijo de una parra centenaria, miles de escarabajos peloteros, saltamontes y cigarras festejan contentos, bailan y cantan con hermosas sílfides, que lucen cabellos de todos los colores y muestran su asombrosa iridiscencia agitando las finas alas. También hay dríadas brincando alrededor de los árboles mientras hacen florecer aquello que tocan a su paso. Y otros que juegan a perseguir fuegos fatuos, ganando el que los alcance a saltos, armadillos que compiten con ratones, ardillas, ranas y gorriones. Todos saltan, todos bailan, cantan, ríen y se dejan llevar por el ambiente alegre que se respira en general.

Todos salvo la mujer del Sr. Lechuga, una gordinflona caracola con el ceño tan fruncido como los cuernos que apuntan hacia donde niña y caracol, otean la escena.

—¡Muy bonito! ¡Vaya horas de llegar el "señorcito" a su fiesta sorpresa de cumpleaños! —Dice su mujer al tiempo que el Sr. Lechuga corre como puede, a darle un sonoro beso en la mejilla.

—No te enfades conmigo, Conchita mía. Si es sorpresa.. ¡¿Qué iba a saber yo?! —Añade el caracol mientras su mujer clava la mirada en la niña. —Además, he traído a...

—¡Carmenchina, cielo! ¡Esperábamos ansiosos tu llegada! Por fin hace algo bien "el berzotas" de mi marido. Pero estarás muerta de hambre con tanto trajín, un poco de col fresca te vendrá de maravilla y además, mantiene la línea.

Al tiempo que la Sra. Lechuga conduce a Carmen hacia una mesa llena de comida, un espectáculo de luces de colores y el sonido de miles de campanillas que titilan acompasadas, irrumpe en la escena dando paso a una resplandeciente libélula de proporciones draconianas. Sus alas descomponen la luz, de tal manera, que provocan millones de resplandores. Y su cuerpo apolíneo de iridiscente azul eléctrico, resulta cautivador. Pero lo más inquietante para la niña son las antenas, que acaban en dos espirales cuyo constante movimiento va más allá de lo hipnótico, alternando el rojo y blanco sin dejar de dar vueltas.

—El efecto de los pasteles se debilita en tu amigo, Carmenchina. Debe recuperar la memoria antes de que expire su alegría... O caerá en una oscuridad tan profunda, que se desintegrará de toda existencia conocida. —Detalla la libélula.

—Yo aun siento el poder en mi interior, tengo toda la intuición conmigo.—Responde Carmen al tiempo que se acomoda a su lado.

—Hay que rescatarlo del pozo cuanto antes, pues su corazón alberga demasiada tristeza, más de la soportable. Y todos sentimos cómo se apaga su magia por momentos. Debes darte prisa y encontrarle, antes de que su alma se disipe.—Sigue explicando.

—¡¿Cómo?! Se lo tragó un remolino y...

—Ya sabes la respuesta, por eso estás aquí. No te dejes llevar por las apariencias, recuerda. —La libélula bate sus alas con tanto folclore como a su llegada. Forma un remolino de luz en el que se envuelve con la melodía de campanillas tintineantes y desaparece como una exhalación, tras un chispazo de fosforescencia azul eléctrico, tan brillante como cegador.

La Sra. Lechuga coge a Carmen de la mano y se dirige hacia el resplandeciente repollo gigante, cuya forma asemeja a la de un castillo. Entretanto, los demás invitados continúan con el jolgorio.

—¿Quién es la libélula? Es desconcertante su tamaño, es de categoría monumental. Y ese color tan intenso y penetrante...—La niña se ha quedado prendada ante la belleza y el enigma de tan mágico ser.

—Ufff... Es una historia muy larga y como sabes, no hay tiempo para zarandajas. Pero tienes razón, ella es increíblemente fascinante.—Puntualiza la mujer del caracol.

A medida que se acercan a la fortaleza vegetal, Carmen percibe que las hojas de la berza están dispuestas a modo de torres, almenas y atalayas de diferentes alturas de las que brota distintas tonalidades de luz verdosa. —Un repollo fosforito hecho castillo ¿Habrá templarios en su interior usando látigos de helechos? ¡Cortan y fustigan sin piedad! — Se deja llevar por todo tipo de fantasías y dudas razonables, dada la situación.

Capítulo 14

La ciudad de cristal

Daniel intenta reponerse de la nueva transformación sufrida hace unos segundos, sigue absorto analizando su nuevo cuerpo etéreo. Pese a tener silueta humana, no llega a materializarse la carne. Ha descubierto que se encuentra de maravilla en este estado tan liviano. En realidad, el niño considera que debe tratarse de su propia alma, mientras observa lo que serían sus manos y la silueta en general.

En vez de piel, contempla un cuerpo hecho de energía en el que se perciben núcleos verdosos a modo de galaxias que chisporrotean intensas emisiones de luz. El color de su aura es dorado, a pesar de los destellos verdes que predominan por todo su cuerpo. Aunque su fascinación había empezado al admirar sus piernas y sus pies, en este punto concreto, le deslumbra todo su ser.

—¿Te gusta tu cuerpo energético? Sabíamos que lo entenderías sin asustarte demasiado, claro. Para entrar en esta ciudad y recorrer las estrellas, hay que salir del cuerpo físico. —Le explica otro ser cuya forma es similar a la suya y en el que también se aprecian núcleos de luz, aunque en su caso, predomina el color anaranjado.

Pese a carecer de cuerpo físico, se distingue perfectamente que es de género masculino, tanto por el tono de voz como por la silueta que luce. Emana una esencia profundamente varonil. Al levantar la vista y cruzar las miradas entre ellos, Daniel se da cuenta que se trata del mismo orbe que, hasta ese momento, contestaba a sus preguntas y mitigaba sus temores. Es uno de los seres que le han guiado hasta este lugar.

El niño presupone que se trata del orbe anaranjado que le introdujo en el cuadro, no importa si era o no el más grande de todos, pero es quien le disipaba sus miedos y preocupaciones, a base de transmitir a su alma potentes dosis de amor y paz interior. Sin conocerlo de nada, siente que hay una conexión muy fuerte entre ellos.

—¿Me he muerto?

—Jajaja... Perdona que me ría ante tal ocurrencia. ¿Tú lo crees así? ¿Te sientes muerto?

—Pues no lo sé, pero ya no tengo cuerpo. —Alega Daniel lleno de razón.

—La muerte no existe, es otra ilusión parecida a la vida.

Se presenta ante ellos otro ser de idénticas condiciones intangibles, en este caso, la vibración de su aura desprende una intensa energía femenina. Y emite una sutil tonalidad violeta a lo largo de su estilizada silueta.

—¡Theodorus! No confundas al chico con tu palabrería. Habíamos acordado que desvelar más información de la necesaria, podría ocasionar trastornos en su personalidad. —Por el tono chillón de su voz, Daniel confirma que, en este caso, es una mujer y se dirige hacia él dulcificando ligeramente, la expresión de la mirada.—No le hagas caso, a mi hermano le gusta hablar más de la cuenta.

—¿Él se llama... Theodorus? Jajaja... Vaya un nombre raro.

—Wilhelmina no es mucho mejor.—Aclara Theodorus al tiempo que le guiña un ojo a Daniel y éste, aguanta la risa para evitar el enfado de ella.

La mujer les guía por una calle muy estrecha que discurre entre la ciudad como una gran espiral, conforme avanzan hacia el centro de la urbe, va tomando mayor altura. Sólo pueden caminar en fila india debido a la estrechez, el niño va en medio de los dos con los sentidos bien agudizados para no perder detalle, es un lugar cuyo misticismo y energía resulta envolvente y acogedor.

Daniel observa con gran interés cuanto ve a su alrededor: todo es de cristal de cuarzo, muy pulido y brillante. Las calles, el suelo y también los edificios situados a cada lado de la vía, aunque, como dato curioso, sin evidencia de puertas ni ventanas por ninguna parte. Tampoco se percibe el interior de las construcciones pese a ser de cristal. Resulta un misterio para el niño.

—Wil..

—Puedes llamarme Mina, será más sencillo para ti—Lo interrumpe con cierto cariño por el tono de su voz.

—No hay puertas en las casas ni...

—Aquí no son necesarias. —Ataja Mina de manera rotunda esta vez.

—¿Con estos cuerpos para qué las íbamos a necesitar, no te parece, SúperDaniDaniel? —Indica Théo mientras se pone a la altura del niño.

—¿Por qué me llamas así? No soy ningún súper héroe.

—Pues claro que lo eres, mira hasta dónde has llegado tú solo. Has hecho algo increíble y a la altura de muy pocos. Estamos impresionados contigo.—El niño sonríe muy orgulloso ante el comentario de Théo y es tal la alegría, que no se preocupa en esconder su aire de satisfacción.

—Theo va a presentarte a alguien que nos ayudará a completar nuestra misión aquí, contigo. O eso espero, al menos.—Explica Mina mientras se sitúa al lado del niño.

Daniel fija su atención en los tejados de la ciudad. Le encanta el efecto que producen los rayos de sol cuando inciden sobre el delicado cristal, la luz se descompone formando miles de arcoíris que pululan por toda la extensión cristalina y flotan suspendidos en el aire, dando lugar a ondas que van tomando mayor velocidad cada vez.

El niño intenta seguir el movimiento de todos los arcoíris, pero le resulta imposible abarcar semejante cantidad. Sin embargo, detecta, por la zona central, que empiezan a unirse unos a otros de manera sinuosa, actuando como si fuesen potentes imanes de colores. Se van solapando unos sobre otros. Ante su cara de pasmo y en cuestión de segundos, se genera una espiral formada por la fusión de todos los arcoíris, va cogiendo velocidad y mayor tamaño sin dejar de girar sobre sus cabezas. A medida que vira, provoca unos destellos multicolores alucinantes.

—Vámonos antes de que nos absorba el torbellino.—Recomienda Théo con evidente preocupación mientras se sitúa a la cabeza del trío.

Los conduce con soltura hacia el otro lado de la calle, donde una imponente torre de cristal se eleva muy por encima de las nubes. Les hace una seña con la mano y acto seguido, se desvanece hacia el interior del edificio. Daniel y Mina también atraviesan la pared de cristal sin titubeos.

Una vez dentro, el niño vuelve a comprobar con mucho recelo que su cuerpo etéreo sigue intacto. Le angustiaría haber perdido algún fragmento de su ser durante el traspase.

—El cristal de cuarzo es mágico, no temas. Continúas incólume.— Le aclara Mina mientras se escucha un viento fortísimo proveniente del exterior.

Daniel se asombra al constatar que las paredes, a parte de ser muy brillantes, están compuestas por miles de cristales rosas. Según va subiendo la vista y en lo que sería la cúpula de la estancia, llega su segunda sorpresa. La bóveda está formada por una geoda gigante cuyo interior de amatista lo tiene hipnotizado. No se esperaba tal belleza al entrar, imaginaba que la parte interna del edificio sería de cristal transparente, tal y como se apreciaba desde fuera.

—¡Me encantan los cuarzos! Mamá y yo recogemos un montón cuando vamos de paseo. Pero no encontramos de este tipo, sólo blancos. Como mucho, alguno rosado, aunque no tan brillantes.

—El poder del cuarzo es ilimitado. Por ejemplo, el rosa lo utilizamos en esta sala por su capacidad para abrir el chakra del corazón. Simboliza el amor incondicional en todas sus variantes, de pareja, amistad y, por supuesto, el amor de familia, que es tan importante. La amatista, en cambio, la usamos para que se complete la transmutación y mantenga todo en equilibrio y armonía.—Mina se toma unos segundos para coger aliento mientras Daniel se acerca hasta una de las paredes. La toca con suavidad para sentir al detalle, las formas que contiene.

—Ya está bien con tanta explicación, Mina ¿No ves que ya se ha iniciado la cuenta atrás? Y mucho antes de lo que pensábamos. Tenemos que ponernos manos a la obra. —Apremia Théo con evidente preocupación.

—¿La cuenta atrás de qué? ¿Nos van a invadir? —Pregunta el niño asustado.

—¡¿Invadir?! ¡Vaya ocurrencias! No es eso, hombre.—Responde Théo.

Mina sonríe ante la arenga de Daniel pero le pesa más el hipocondríaco nerviosismo de su hermano, cuando éste no deja de repetir que deben darse prisa, que no hay tiempo que perder e insiste, de manera muy persistente, en que el pozo debe estar borrando lo que albergaba el inconsciente. —¿¡Qué inconsciente?!¡¿De quién?!— Aunque el niño escucha con verdadero interés, no acaba de comprender sus explicaciones. Ni sabe a quién puede referirse Théo, ni es capaz de adivinarlo. —Pues sigo sin entender. —Hablan de un modo críptico para él y a pesar de todo, intenta leer entre líneas aquello que dicen.

Algo en lo que no había prodigado hasta ahora: "leer entre líneas". Una cualidad totalmente nueva para Daniel, ni sopechaba que se pudiera hacer siquiera. En ese instante y a modo de iluminación, comprende el verdadero significado del sentido figurado. Ahora se da cuenta de todas esas veces en las que su hermana y su madre le pedían, riéndose, que les hiciera la pelota cuando pretendía conseguir tal o cual cosa. Y las risas contenidas se convertían en carcajadas, cuando él les hacía la pelota, obediente y con toda naturalidad. —¡Lo acabo de entender! Y yo tirándome al suelo para rodar como una bola. ¡Qué tonto..!.—Verdaderamente, está madurando en este viaje. Aunque la voz de Mina lo devuelve al momento presente, pues el temblor que emiten sus palabras corrobora la inquietud de Théo.

Ella también considera que a estas alturas, el pozo estará arrasando con lo poco que quedaba de él mismo. Y suscribe que deben actuar con cabeza y mucha templanza para no quedarse atrapados en algún lugar de ninguna parte. —Suena misterioso y arriesgado.

¡Qué bien!—Daniel mantiene sus cavilaciones sin perder de vista las reacciones de Mina y Théo, es más, por fin se anima a participar.

—Yo no me entero de nada. Ni siquiera entiendo qué hago aquí.

—Ayudarnos a encontrar un tesoro perdido. ¿Qué te parece, SúperDaniDaniel?—Le dice Théo. —Por algo has venido ¿Verdad? ¿No es lo que querías?—Se aproxima al niño y se arrodilla para hablarle a su altura.—Llevamos mucho tiempo esperándote, tanto, que ahora casi ni nos queda, se nos está agotando.

—¿Y qué tesoro es?—El rostro del niño se ilumina más, si cabe. Los tesoros para él son harina de otro costal.

—El mayor que nadie pudiera imaginar pero antes de nada, debemos hacer un ejercicio.—Explica Mina con suma paciencia.—Tenemos que colocarnos en círculo, así, con los ojos cerrados, pensando en nuestra persona especial..

—¡Carmenchina!—Pronuncia el nombre de su hermana sin pensarlo.

—Aquí nadie se libra de un nombre raro.—Bromea Mina con el niño.

—Carmenchina es mi hermana mayor, le puse este nombre porque tiene ojos de china. —

Sonríe al recordar lo mucho que quiere a su hermana, es más importante para él de lo que creía. Nunca había tenido que pensar en ello porque han estado juntos toda la vida. Ni siquiera lo había llegado a razonar y tampoco había tenido la necesidad de hacerlo.

—Tu hermanita está muy cerca de nosotros, podemos encontrarla si quieres.

—Mina tiene razón, piensa en ella y verás. —Aclara Théo.

Los tres se disponen en círculo con los ojos cerrados.

Daniel se adentra en un mundo que no creía poseer en su cabeza, más bien, podría catalogarse de submundo. Su pensamiento empieza con la espiral de arcoíris de la que huyeron corriendo no hace mucho. Aunque le hubiera gustado acercarse más, para verla mejor y sentir esa energía multicolor removiendo la suya.

Y seguramente, por esta misma razón, es lo primero que ha visualizado al cerrar sus ojos.

La espiral gira sin detenerse en lo profundo de su mente y de tanto girar, los incontables colores se funden en un punto negro central del que, a su vez, parten millones de rayos verdosos iridiscentes, que continúan dicho movimiento circular y predominan sobre el resto de colores.

Daniel intenta concentrarse en el punto negro y le ordena mentalmente, que detenga el movimiento rotatorio de la espiral. Pese a su incredulidad, lo consigue. Donde antes percibía el torbellino multicolor, ahora ve los ojos verdes de su hermana. También observa que el punto negro de la espiral, coincide con la pupila.

—¿Dónde estás?—Pregunta insistente —¿Dónde?

—No hay que presionar, SúperDaniDaniel. Ella nos mostrará el lugar exacto. No tengas dudas y tampoco te precipites. Toma el tiempo necesario para que suceda.

Aunque el niño mantiene los ojos cerrados y no ha emitido sonido alguno, la voz de Théo resuena en su cabeza disipando cualquier duda que asoma a su mente.

—Relájate y piensa en ella. ¡Ya casi lo tenías! —Añade Mina.

Daniel hace verdaderos esfuerzos para no abrir los ojos cada vez que siente esos vaivenes insoportables en su cuerpo energético. Sabe que debe aguantar la curiosidad y centrar el pensamiento en su hermana. Posiblemente, sea la única oportunidad que tiene de encontrarla para que todo vuelva a ser como antes de la desaparición. Tiene que dar con ella y abstraerse de sí mismo para escucharla.

Y es muy importante que esto salga bien, porque la necesita en su vida. Se ha dado cuenta que sin ella, nada es lo mismo.

Los ojos verdes vuelven a tomar forma en su mente y también su amplia sonrisa. Lo está consiguiendo con el simple poder de la intención, centrándose en la mirada de su hermana. Y tras los ojos de "Carmenchina", empieza a parpadear una luz muy intensa que atraviesa la mayor de las oscuridades imaginables.

—No veo nada, creo que estamos en su pupila. ¿Puede ser?

—Es —Indica Mina.

Todo permanece en absoluta oscuridad. No se ve nada ni se percibe forma alguna en ese negror inmenso, pero sus energías se mantienen unidas.

—¿Por qué no vemos nada?

—Aún no se ha completado el ejercicio, debemos concentrarnos los tres hasta que sus ojos se abran para nosotros.—Aclara Théo con paciencia.

El silencio y la negrura se imponen durante un tiempo incalculable para Daniel que, a pesar de tener instantes fugaces de pensamientos ajenos a la situación, consigue concentrarse al nivel de Théo y Mina.

Capítulo 15

Tejiendo telarañas

Carmen y la Sra. Lechuga caminan hasta llegar a la base del repollo, cuyo frondoso follaje lo mantiene amurallado. Una de sus hojas más imponentes, debido al tamaño descomunal que ostenta, se abre y baja cual puente levadizo para situarse justo a los pies de la niña. Dejando entrever, tras el rastrillo que asoma, el enorme portalón de entrada a la fortaleza. Caracola y niña cruzan la "hoja—pasarela" y llegan al despejado cogollo, similar a un patio de armas, donde las recibe una vetusta araña peluda.

A Carmen no le gustan nada los arácnidos, le horrorizan, de hecho. Y si tienen tanto pelo como este bicho, peor aún. Entre miedo y asco, no sabría por cuál de las dos emociones decantarse. Las arañas y ella no se llevan bien. Sin embargo, decide observar con calma antes de emitir juicios baratos. Para bien o para mal y muy a su pesar, por supuesto. Por eso de no fiarse de las apariencias. Aunque, a priori, no le inspira ninguna confianza. —Ay, qué horrorcito ver cómo se acerca... ¡Dios! Esta prueba es superior a cualquier otra. ¡¿Por qué?!— Intenta disimular la animadversión que le provoca el insecto.

La rojiza araña camina algo inclinada hacia el lado del que cuelgan las llaves, debe tener por lo menos un ciento. Y todas ellas bien grandes. Eso sin contar el peso de la enorme argolla de hierro a la que se enganchan. —Ya debe ser peso para la pobre.—Piensa Carmen compadeciéndose de la bicha.

—Muchas gracias Sinforosa, qué haríamos sin ti —Saluda la caracola cortésmente.—Carmenchina, te presento al ama de llaves de nuestro repollo.

Ella inclina su cabeza sin acercarse demasiado al arácnido, quien, al percibir miedo en su mirada, intenta tranquilizarla.

—No temas, niña linda. Yo también quiero ayudarte en lo que pueda. Y no voy a hacerte daño aunque me veas fea, vieja y peluda. Puedes confiar en mí.—Argumenta la araña.

Carmen, si bien cautelosa, le pide disculpas por su comportamiento y le corresponde con dos besos que ponen de manifiesto la suavidad del arácnido. Pareciera estar cubierto del más suave terciopelo. —Será una araña de angora...— Y ahora que se fija mejor, Sinforosa no es tan horrenda como pensaba. Hasta las canas que salpican su cuerpo le dan un toque místico del que no se había percatado. Su aspecto recuerda al de una erudita hechicera entrada en años. —La portadora de las llaves del destino—. Sonríe para sus adentros al fantasear sobre quién es en realidad. —O la bruja del castillo, tejedora de hechizos con sus telarañas convirtiendo sueños en realidad—.

—Llévanos hasta mis pequeñines Sinforosa, quiero que Carmenchina los conozca antes de irse. —Apostilla la caracola mirando para la niña, que aún sigue absorta en sus fantasías.

La araña se dirige hacia el interior de la fortaleza al tiempo que la Sra. Lechuga y Carmen la siguen.

El propio recibidor las conduce hacia una estancia circular de un llamativo tono verdusco, frente al portón de la entrada, un ascensor con forma de habichuela las espera con la puerta abierta. Tanto niña como caracola siguen los pasos del ama de llaves y se introducen en la alubia.

La araña presiona el botón que pone: "RAÍCES". Se cierra la vaina y el artefacto comienza su descenso con rapidez.

Llegan a otra pieza circular de un tono más amarillento que la anterior. La sala está delimitada por varias escaleras con forma de espiral, las cuales, a su vez, se ramifican en escalinatas que se van multiplicando exponencialmente a medida que descienden. Asemejan raíces que se adentran en las profundidades de la tierra y se extienden hasta donde no alcanza la vista y mucho más allá.

—¿Y tus hijitos?—Carmen pregunta movida por la curiosidad, pues todo el mundo sabe que le encantan los bebés. Y ya desde que era bien pequeñita, incluso con su hermano practicaba el arte de las "mamaítas".

—Ya estamos cerca, venid por aquí.—Indica Sinforosa.

La araña las conduce hasta un cuarto ubicado tras el ascensor. Allí se aprecian decenas de huevecillos blancos plácidamente acurrucados, unos contra otros, en el interior de una gran cuna cuya apariencia recuerda a la de un tubérculo.

—Mira Carmenchina, mis sesenta pequeñines dependen de ti para hacerse grandes.. —Asegura la caracola. —Bueno, todos nosotros... En realidad, esto pinta feo, corazón. ¡Y el papanatas de mi marido perdiendo el tiempo con sus ejercicios! Maldito sea él y su dichoso deporte, ¡con lo sano que es comer y vegetar!

—No sé qué tengo que hacer, estoy hecha un lío..

—Continúa hacia abajo, debes adentrarte en las profundidades y encontrar la razón que nos mantiene con vida. —Revela Sinforosa con sus ocho ojos puestos sobre la niña—Ve hacia el núcleo del todo. Elige bien la escalera y cuida esta llave como a tí misma. Cuando llegue el momento, la necesitarás y sabrás cómo utilizarla. —La araña, mientras continúa con las indicaciones pertinentes, suelta una llave negra bastante grande, tanto como para que se pueda distinguir el entramado que realza su cabeza, similar al de un atrapasueños o, incluso, una telaraña.

Cuando se la muestra a Carmen, con intención de entregarla, empieza a encoger drásticamente hasta quedar reducida al tamaño de un garbanzo. La niña la cuelga de la cadena que lleva al cuello, no sin antes manifestar gran alivio por el nuevo volumen que ha tomado la llave.

—Menos mal, hubiera sido un problema encontrar dónde guardarla.—

—Así no llamará la atención a quien no corresponda tenerla. Es una llave maestra, se ajusta a cualquier cerradura sin importar forma, tamaño o el tipo de puerta. —Aclara Sinforosa con evidente orgullo. —Y lo abre todo, es el sueño de cualquier cerrajero. Es de mis preferidas.

—Y no sólo puertas. —Ataja la caracola.—Abre aquello que necesita ser abierto. —Enfatiza con sus cuernos intimidatorios.

—¿Volveré a veros? Oh… No, qué lástima... ¡No me he despedido del Sr. Lechuga!

—No te preocupes por eso, lo importante es que recuperes la magia de nuestro creador. Si lo consigues, nos seguiremos viendo siempre que quieras. —La Sra. Lechuga conduce a Carmen hasta las escaleras.

En este punto, la absoluta oscuridad envuelve a las dos por completo. La niña se vuelve hacia el lugar por donde han venido y vislumbra al fondo, un espectro luminoso que se va acercando muy poco a poco desde la lejanía. Cuando está a punto de entrar en pánico ante esa aparición tétrica, por suerte y para su tranquilidad, descubre que es la araña.

Sinforosa vuelve solícita y renqueante con su habitual gesto de fatiga. Al peso de las llaves, se suma el del farol que carga en una de sus patas.

—¿Por qué no reduces todas esas llaves? Pesan demasiado para ti—Le pregunta con cierta preocupación.

—Sólo las llaves maestras cambian de tamaño y forma, Carmenchina. No hay que dar pistas. —Contesta la araña.

Tras esta breve explicación, la caracola se ofusca al comprobar lo tarde que se está haciendo. Le indica a la niña que se relaje y que intente concentrarse durante unos minutos, debe realizar respiraciones profundas con los ojos cerrados. De esta manera, podrá comunicarse directamente con su intuición. Sin posibilidad de errores, malentendidos o tropezones. Hacia donde va, no necesita ver para orientarse, sólo dejarse llevar sin temor a equivocarse.

—La luz requiere de la oscuridad para ser vista y admirada. Y tú eres nuestra luz. Ahora, no tengas miedo. No estás sola, confía.—Le aconseja Sinforosa.

Carmen cierra los ojos y permanece unos instantes en completo silencio. Su intuición la dirige hacia una raíz con forma de escalera. Por lo que percibe en su cabeza, se va estrechando según desciende hacia las entrañas de la tierra.

La araña y la caracola se despiden de ella tras realizar varias respiraciones profundas. Y desaparecen en un santiamén, envueltas por la oscuridad.

Ella, en cambio, sigue ahí mientras va cogiendo fuerzas para avanzar sola, en un lugar desconocido y algo lúgubre, por lo que parece. —No debo sentir miedo de la oscuridad, es sólo eso... Soy luz.—Las últimas recomendaciones de Sinforosa se repiten en su cabeza creando un mantra fortalecedor. —Déjate llevar, hasta que la penumbra se convierta en luz... Yo soy luz...—

Capítulo 16

La resguardada cordura

Carmen permanece en la misma posición. Continúa practicando sus respiraciones profundas con la intención de reforzarse, cuando piensa lo que le espera siente la imperiosa necesidad de dar la vuelta y salir corriendo. Y no es para menos, está a punto de iniciar un descenso que, digan lo que digan, tiene toda la pinta de ser largo e intenso. —Soy luz…—Aún con todo y con esas, practica el positivismo.

En cuanto siente un ápice de valentía en su interior, emprende el camino sin pensarlo más, escaleras abajo y a buen ritmo. De hecho, es preferible no proyectar. Sólo iniciar su odisea sin preveer qué cosas o calamidades pudieran acontecer en este "adentrarse al interior de la tierra".

Normalmente, le asustan los lugares oscuros, pero aquí, pese a no ver nada, no siente demasiada aprensión. No del modo que imaginaba antes de iniciar el descenso. Por incongruente que parezca, siendo una niña de once años y por primera vez en su vida, no siente pánico en la oscuridad. Quizá tenga que ver con esa sensación tan extraña de no sentirse sola. Y es algo que no logra entender. En cualquier otra circunstancia, sentir "presencias" le daría canguelo, pero no en ésta. Aunque desconozca quién o qué la acompaña y tampoco pretende hacer cábalas para averiguarlo. Lo importante para ella es que no está sola y que se siente protegida. Por lo que quiera que sea, ni siquiera le importa lo suficiente.

Mantiene una "calma chicha" con el lema de no pensar demasiado y mucho menos, caer en el bucle de las posibilidades infinitas. Sólo caminar hacia abajo y en todo caso, palpar mientras avanza. Esa es su única misión en este momento.

Desciende a paso ligero por la escalera y percibe la oscuridad cada vez más intensa y acuciante. Sus ojos ya no son necesarios, no los precisa para saber que ahonda en un mundo subterráneo muy profundo. —El inframundo.—Piensa. —Fíjate, creí que sería peor.—Incluso se permite el lujo de bromear con ella misma.

El olor a tierra húmeda y la sensación resbaladiza de las raíces cada vez que pisa un escalón, son un claro indicativo de la profundidad en la que se adentra. Y también lo es la ausencia total de luz.

Ella sigue descendiendo de manera gradual. Sólo baja y baja. Escalón tras escalón. Paso a paso. Sin saber muy bien cuándo terminarán y cuánto le queda por recorrer. Por su propio bienestar mental, mejor ignorarlo. Y así hace, avanza a paso constante, intentando que su ánimo no decaiga. No quiere mortificarse a mitad de camino y fallar en el intento de llegar a su destino. Esa meta final tan ansiada, sea la que sea. Llegar a su destino. —¿Cúal será? Bah ¡¿Y qué más da?!— Intenta mantener su mente activa para evitar que su deseo por llegar cuanto antes, a donde quiera que sea, no se apodere de ella.

Parece un juego de locos, una diversión tan absurda como inútl. —Esto no tiene explicación ni se la espera.—Lleva caminando el suficiente tiempo como para saber que empieza a ser una auténtica pesadez. Peor incluso, porque no tiene pinta de haber un fin o un alto en el camino. O cualquier posibilidad de elección o de cambio. Seguir y seguir.

Sólo es bajar y nada más. Descender en línea recta hacia el submundo desconocido. Eso es todo. Sin parar ni un segundo a tomar aliento, bajando cada peldaño sin volver la vista atrás. —Parezco Dory en buscando a Nemo, pero en mi caso: sigue bajando, sigue bajando... Y no pienses en otra cosa. Total, tampoco hay más opción.—Carmen intenta hacer su camino más liviano hablando con ella misma y aún así, le resulta un tramo demasiado monótono como para hacer milagros. Sólo le interesa lo que tiene por delante, lo que le queda por seguir descendiendo hacia ese mundo intraterreno y la verdad, el simple hecho de pensarlo le genera claustrofobia.

Intenta evadirse de este momento, para ello, recuerda la última vez que estuvo con sus tías y le enseñaron una meditación para encontrar la paz interior. Sin pensarlo dos veces, inicia unas respiraciones profundas a la par que baja peldaños.

—Om...... Om...

Carmen sigue las instrucciones para conectarse con la fuente. Este momento requiere toda la ayuda que el universo pueda brindarle. Por mucho que intente disimular, el desasosiego aflora en su interior y sabe que puede expandirse como la pólvora si no le pone remedio. Mantiene las respiraciones profundas durante varios minutos hasta que, poco a poco, siente cómo se va mitigando su incipiente nerviosismo.

Pero, aparte de su estado emocional, la escalera sigue asomando escalones, uno tras otro sin parar. Y como por arte de birlibirloque, aún a medida que desciende, pareciera que se fueran regenerando más y más. —Escalera hacia el Averno.—Por mucho que ella continúe su recorrido hacia el báratro y por más que avance, siguen apareciendo más y más tramos de escalera. Resulta imposible ver el final. No puede intuirlo siquiera y menos aún, saber cuándo llegará a término. De hecho, empieza a dudarlo. —¿Habrá un final? A este paso llego antes al núcleo de la Tierra.— No pierde ritmo en su descenso mientras mantiene el soliloquio interior. Hablar con ella misma le genera la suficiente energía residual como para seguir caminando.

Avanza oscuridad abajo aumentando la cadencia progresivamente, para no caer en la desesperación. —¿Cuándo me sorprenderá el último? ¡Qué horror! Demasiado infernal para no ser una pesadilla.—Sólo de pensarlo se agobia, no quiere imaginar lo que le falta por andar.

Los escalones son cada vez más estrechos, ahora entra muy justa a lo ancho. Tiene que ir con mucho cuidado para no quedar encajada entre las paredes o, incluso, enganchada a las raíces que percibe cada vez más abundantes tanto en muros como en escalones.

A Carmen le invade la angustia, le vuelve la ansiedad a medida que las tapias se ciñen sobre ella, las siente acechantes. Va a necesitar un buen ejercicio de contención mental para dejar de pensar en la paulatina estrechez. —¿Y si me encajonan tanto que no pudiera respirar? ¿Qué haría si no me dan los pulmones?—Por momentos siente que pierde el control. Y la certeza de que, realmente, no tiene ni idea hacia dónde se dirige ni cuándo terminará de bajar empeora la situación que, ya de por sí, es morrocotuda. —¡Qué agonía! ¡Quiero salir de aquí!—Tampoco pretende dejarse llevar por la mieditis aguda, aunque su estado emocional, empieza a descontrolar.

Y claro, son demasiados peldaños, demasiado tedioso como para mantenerse en su sitio. Todo esfuerzo resulta escaso al tratarse de este lugar de infinita tortura, cada vez más inquietante y ofensiva. —Las doce pruebas de Asterix y Obelix.—Teniendo en cuenta el sin fin de escalones y el tiempo que lleva bajando sin parar, no es de extrañar que se vea reflejada en semejante odisea.

Durante un tramo intentó contabilizarlos, pero perdió la cuenta tiempo después, son tantos, que resulta imposible almacenar semejante cantidad en su cabeza, si no quiere volverse loca, por supuesto.

Aún así, no se rinde y sigue bajando. Y eso que le cuesta un mundo mantener en orden sus pensamientos para no ser víctima de su propio infierno mental. Lleva mucho tiempo caminando. Avanzando sin parar. Por más que intenta resistirse, la inquietud empieza a hacer mella en su ánimo. Y sobre todo, la insostenible angostura de la escalera. No se trata de simples elucubraciones generadas por el pánico, la angustia o por el cansancio extremo. Son evidencias físicas.

El hecho, es que Carmen se ve en la obligación de bajar de lado porque ya no cabe de otro modo. Por lo tanto, la situación está tomando un cariz alarmante. —Cuando no pueda seguir avanzando... ¿Qué voy a hacer? Como tenga que volver a subir me da algo—Le dan ganas de echarse a llorar.—¡No puedo! No me queda energía.—Y sería lo peor que pudiera pasarle. Bueno, ahora que lo analiza, quedarse atrapada, ahí abajo, podría superarlo con creces. En un momento dado, en este lugar podría llegar a sentir una oscuridad demasiado densa y asfixiante.

Cualquier posibilidad supone una pesadilla de no llegar al final de la escalera. Necesita encontrar un espacio donde descansar aunque comer algo para reponer fuerzas, es imperioso. Ya no sabe qué hacer o pensar y de nada le valen las suposiciones.

Sigue avanzando de costado, peldaño a peldaño con mucha dificultad. Pero, eso sí, ha decidido evitar todo pensamiento negativo. Sólo debe descender paso a paso hasta llegar a su destino. Aunque sea con la espalda pegada a una pared y la nariz casi a punto de rozar la de enfrente (y eso que la tiene chata).

No obstante, es normal que sienta algo de angustia, ya que apenas tiene sitio para moverse. Y cada vez va a menos por lo que se ve.

Cuando se da cuenta, ha llegado hasta otro pasadizo tan claustrofóbico como el anterior. Sin escalones en este caso. Ahora desciende por una rampa, algo resbaladiza, que se ensancha gradualmente para dar cabida a una amplia galería que se vislumbra al final del tramo y, a su vez, se bifurca en otras dos escalinatas más estrechas aún que las anteriores.

Frente a estas escaleras y ocupando la pared central de la galería, una puerta de piedra negra, pequeña y redonda, con una antorcha a cada lado. Sobre la puerta, un cartel que dice: NO MOLESTAR.

Carmen estudia sus opciones meticulosamente. Las antorchas tienen fuego, por lo que no deben llevar mucho encendidas. —Está claro que alguien se ocupa de ellas. ¡Igual me puede ayudar!—Se lleva tal alegría, sólo de imaginarlo, que ignora el cartel y va directa hacia la puerta. —Es una urgencia de vital importancia. Me muero de hambre.—No puede hacer otra cosa que ignorar tal petición.

Aporrea con cierta delicadeza la piedra redonda, mientras espera a que alguien abra la puerta, hace un intento por atusar las trenzas medio deshechas. Siente los signos del agotamiento extremo en su cara y flojera en cada parte de su cuerpo. Aún así, intenta sonreír y poner la mejor de sus caras. Disimula bastante bien la desesperanza, tal vez sea la única herramienta de la que dispone para no desfallecer en el intento.

Nadie contesta a su llamada y eso que ha sido lo suficientemente prudente como para esperar un rato. Se apoya en el quicio asomando cansancio y cierta impaciencia.—¿¡Qué puedo hacer?!—Se le agolpan una serie de ideas caóticas y desfasadas dada la situación, el agotamiento mental es superior a su pericia.

Carmen actúa por impulso y decide golpear la puerta. Esta vez, con mucha insistencia. De facto, como si le fuera la vida en ello, tanto, que una de sus trenzas se vuelve a soltar por mor de los aspavientos leoninos. En un santiamén, la piedra se desliza sobre el suelo y la puerta se abre de par en par.

—¡¿Quién osa molestar a estas horas?! —Un topo vestido con camisón y gorro de dormir como a la antigua usanza, protesta furioso frente a la niña. —¿Acaso no sabes leer, jovencita?

—Disculpe señor, pero tengo sed y estoy muy cansada. Siento calambres en las piernas y tengo sueño, tantísimo sueño... Además, creo que me he perdido.—Alega en su legítima defensa.

—Me importa un rábano ¡¿No ves que molestas?!—Señala enfadado hacia el cartel. —Toma aliento y sigue tu camino. Yo debo retomar mi descanso, "re diez."

El topo hace un intento de cerrar la puerta pero Carmen se lo impide metiendo el pie en medio. Tiene que ganar tiempo para evitar que el animal vuelva a encerrarse en su agujero. —Haré lo que sea con tal de no quedarme aquí plantada, con la puerta en las narices no.—Pero lo único que se le ocurre, es preguntarle quién es.

—¿¡Quién voy a ser?! Tu conciencia nada menos. Soy el guardián del mundo subterráneo, pero ahora estoy durmiendo y no tolero interrupciones.—El topo, muy ofuscado, hace el ademán de volver a cerrar, aunque la niña mantiene el pie en un lugar estratégico para impedírselo.

—¡¿Mi conciencia?! No sabía que un topo pudiera ser conciencia.

El topo vuelve a abrir la puerta de par en par sin disimular el fastidio que le produce la conversación.

—Lo que suponemos lejano, está ante nuestras narices. ¿Curioso, no? Veo que no te sorprendes demasiado, eso es que aprendes rápido... O no, ya se verá. —Afirma el topo con un movimiento de cabeza.

—No sé dónde buscar a Teo. —Contesta Carmen abatida.

—¿Teo? ¡¿Qué Teo!?—El topo saca unas gafas del bolsillo de su camisón y se las pone en la punta de su hocico. Se acerca a Carmen todo lo que puede, clavando sus cegatos ojos en el rostro.

—Lo que pensaba: sería una suerte que una obtusa aprenda tan rápido. Aún no te has dado cuenta, ¿eh?—El topo la analiza mostrando condescendencia. —Vaya...

—El duende que me trajo hasta aquí, se llama Teo ¿no?

—Carmenchina, eres tú la que tiene duende... Tu manera de ver las cosas...—Suspira al aire con hastío.—El cuadro son mil mundos en uno y todos nosotros, una ilusión. Cada uno ve lo que quiere ver. —El topo se sienta a su lado y continúa explicando con obvia somnolencia en sus gestos.—Él nos da la magia y personas como tú, que captan la esencia de las cosas, la vida. No importan las formas, siempre que haya contenido, habrá algo que interpretar ¿Entiendes?

—Por lo que dices, debo reanudar la marcha aunque no comprenda nada, ¿verdad?—Carmen camina lentamente hacia las escaleras mientras el topo emite un sonoro bostezo.

—Exacto. Recuerda que la respuesta está en tu interior y tu amigo, más cerca de lo que piensas.

—¿Y qué abre la llave que me dio la araña?

—¡Todo! Ya te lo explicaron una vez.—Gruñe el topo.—¡Deja de perder el tiempo con preguntas bobas! ¡Vaya una lata!

Carmen, con toda la resignación del mundo sobre su espalda, elige uno de los pasadizos en los que se bifurca la galería y retoma el descenso escalera abajo. Y de nuevo, rumbo hacia el tártaro. Entretanto, el quisquilloso animal entra en su guarida y cierra la puerta. Se escucha un profundo y placentero bostezo desde el interior.

Tras varios minutos descendiendo, si bien está desfallecida por la extenuante caminata, se sorprende al descubrir que ha llegado al último escalón. Y por fin, el último de verdad. Así lo siente su corazón.

Abre los ojos por mera curiosidad, pero no consigue ver nada. Estira los pies palpando el terreno y puede notar por la ausencia de superficie a su alrededor, que un gran vacío se abre ante ella. La penetrante oscuridad que rodea la nada y el silencio abrumador que la envuelve. Sin duda alguna, tiene el Hades bajo sus pies.

Nunca había sentido algo parecido ni había estado en un lugar semejante. Mirar hacia ese profundo agujero negro, que podría absorberla por el simple hecho de su oscuridad pegajosa e incitante a saltar al centro de su ojo, da pánico. Ante el temor que parece invadir su raciocinio, decide cerrar los ojos y volver a respirar profundamente para relajarse y olvidar cualquier atisbo de cobardía.

La voz de su hermano asoma desde lo profundo de su mente traspasando límites impensables para muchos.

—Carmenchina…

Daniel sosiega sus temores asegurando que están muy cerca el uno del otro, mucho más de lo que piensa. Y el espanto que le produce esa negrura impenetrable se apacigua con oír su voz. Algo ha cambiado en él, siente que no es el mismo niño infantil con quien desayunó por la mañana. Percibe cierto grado de madurez en su hermano, gracias a lo cual, ha recuperado esa sensación tan confortable de que nada malo puede sucederle, no estando juntos y tampoco en este lugar. Y ella lo sabe. Ahora, más que nunca.

Aunque en un principio se sorprende por el contacto con Daniel, lo asimila rápido. No tiene nada de particular llegar a este mundo. Tal y como como ella hizo en su momento, por qué no habría de hacerlo su hermano o cualquier otra persona. —¿Por qué iba a extrañarme?—De hecho, ha conseguido aliviarla con la simpleza de pronunciar su nombre. La serenidad de sus palabras, su cariño y comprensión, la transportaron a lugar seguro, al sosiego mental y al estado de esperanza de que "todo va a salir bien".

Es probable que sin la aparición de Daniel, no se hubiera creído capaz. —Demasiada oscuridad bajo mis pies.—Aunque ella es la mayor, se siente muy reconfortada y protegida por su hermano. No puede verlo pero lo nota ahí, con ella. Ahora entiende porqué no sentía soledad y miedo en este lugar de apariencia sórdida. —Estás conmigo, lo sabía.

Capítulo 17

El manantial del conocimiento

Carmen lleva un buen rato tomando respiraciones profundas sobre el vacío que se abre ante sus pies. Cierra los ojos, coloca las manos sobre el chacra del plexo solar y entonces, salta hacia el ojo del abismo.

Cuando esperaba caer en la absoluta profundad, una fuerza extraña que no logra comprender, la sostiene en el aire. No entiende la razón de no caer al vacío, se mantiene suspendida cual partícula de éter, en medio de toda esa negrura perturbadora. Como acto reflejo y en honor al pobre Ícaro, agita los brazos con todas sus fuerzas y sin saber cómo, empieza a volar. Encantada con el cosquilleo que siente en su interior, sobrevuela las cuevas subterráneas sin distinguir el espacio que la envuelve. Avanza por instinto.

La más absoluta tenebrosidad se extiende entorno a ella y es de un negro impenetrable. Razón por la cual, prefiere seguir con los ojos entornados. La guiará el dictado de su alma el tiempo que dure este grado de oscuridad tan denso. En el fondo, también lo hace como una táctica para no entrar en pánico.

—¡Carmenchina, estás volando tú sola! —La voz de su hermano suena en su cabeza. Lo oye aunque no pueda verlo por ninguna parte. Igual que antes. Lo siente cercano y sabe que está ahí con ella, pese a desconocer su paradero exacto.

—¿Dónde estás? No te veo.

—No lo sé, pero estoy aquí contigo, es difícil de explicar.—Contesta el niño.

—¿Y cómo lo has conseguido?—No recibe respuesta en esta ocasión, espera unos segundos en silencio. —¿Dani? Daniel... ¿Me escuchas? ¿Sigues ahí?

Nada. El silencio aniquilador como única respuesta.

De tanto esperar alguna que otra señal de su hermano, consigue escuchar en un pasadizo contiguo, lo que sugiere un río subterráneo. Busca algún punto de comunicación entre ambas galerías mientras va palpando a lo largo de la roca. En su fuero interno, siente un impulso irrefrenable de ir hacia el otro lado, aunque, por otra parte, sabe de sobra que no puede cruzar. Intuye un roquedal inexpugnable que se prolonga hacia cualquiera de las direcciones que pudiera tomar.

Al abrir los ojos, confirma sus sospechas: una pared cuyo fin parece indivisible le impide llegar hasta el río subterráneo.

A pesar de todo, insiste en descubrir algún recoveco o túnel oculto que la conduzca hacia dicho túnel. Sin embargo, el brillo de la propia piedra le ciega la visión. Es de un negro penetrante que percibe más allá de su mirada, tanto es así, que le llega a lo profundo de su mente, enraiza con fuerza y se extiende por el subconsciente hasta completar el árbol reconstituyente cuya copa exuberante y sanadora, se expande más allá de lo imaginable.

Carmen intuye que se podría tratar de un muro macizo hecho de obsidiana, puesto que siente sus efectos mágicos de escudo protector. Percibe, con mucha intensidad, la vibración de sus ondas sanadoras, se adentran por todo su cuerpo cuando toca dicha roca. Y también cuando la mira siente ciertas sacudidas. La obsidiana se mete en sus profundidades para que tome consciencia, pues no hay nada más negro que ella por eso, absorbe toda la oscuridad que detecta y a cambio, deja su propia luz como obsequio de esperanza y vida. —Un cristal perfecto cuando las cosas van mal y está por todas partes.¡Qué suerte!— Es un roquedal entero hecho de obsidiana que no tiene fisuras, principio ni fin. Un bloque inmenso y compacto. —Más energético imposible—

Por más que avance en la dirección que sea, es inviable atravesar semejante mazacote pétreo si quiere llegar hasta el río que suena al otro lado, retumba con una fuerza atronadora. Carmen debe conectarse con su alma para que la guíe directamente hacia la mejor de sus opciones, el tiempo apremia y cada segundo cuenta.

Vuelve a cerrar los ojos, su instinto la conducirá mejor que la vista o el tacto. Con la ayuda de su perspicacia conseguirá llegar hasta el punto de unión entre ambas galerías, si lo hubiere. Sin embargo, tras largos minutos de vuelo, la desesperanza asoma. —Últimamente, me estoy haciendo una experta en martirios.—Entre cavilaciones y razonamientos absurdos, unos gritos pidiendo auxilio, alarman a Carmen.

De nuevo, siente voces dentro de su cabeza. Alguien intenta comunicarse con ella telepáticamente. Pero no es su hermano en esta ocasión. No siente la misma energía, tampoco reconoce quién puede ser. Aunque esa voz le resulta más que familiar.

—¡Sacadme de este agujero inmundo!—Solloza con verdadero dramatismo—¡Aquí es todo húmedo y maloliente! ¡Tengo mucho frío!—Ese tono chillón denota que es la zarigüeya.

La niña se compadece ante el sufrimiento del animal. Y no descarta que pudiera ser una tontería melodramática propia del marsupial, fruto de la exageración que le caracteriza. Y aun con esa duda, lo va a ayudar, si consigue encontrar una salida o un pasadizo que lo lleve hasta él.

—Tranquilo.. Estoy buscando el modo de llegar, debo estar muy cerca. —Asegura la niña.

—Carmenchina… Eres tú, qué bien. ¡No veo nada!¡Estoy ciego!— Chilla movido por el histerismo. —Oír y padecer, eso sí… Escucho canciones insoportables una y otra vez... Constantemente, taladran mi cabeza.. Y siento algo tan pesado sobre mí... ¡No puedo moverme, Carmenchina! ¡No siento mi cuerpo! Creo que me estoy muriendo. ¡Carmenchinaaa! ¡Carmenchiiiiiiiiina!

La niña vuela siguiendo los alaridos de la zarigüeya, que continúa su perorata del sufrimiento y por ello, no le resulta complicado seguir su llanto, presiente el modo de encontrar al animal ahora que se han comunicado. Cuando llega a un lugar específico, se lanza en picado hacia el suelo de la caverna, plagado de estalagmitas esplendentes que cubren toda la superficie. Mientras planea cual ave experta y percibe los destellos de estas formaciones calcáreas, descubre la señal que estaba esperando.

Se detiene ante la base de una estalagmita cuyo centelleo resulta más llamativo que el resto. Y esa brillantez cegadora, se advierte más allá de los límites de la imaginación, puede verla aún con los ojos cerrados.

Los gritos de la zarigüeya han cesado pero, en su lugar, se escucha el ruido estentóreo que emite la estalagmita al desencajarse del suelo y a continuación, al arrastrarse chirriante para destapar un agujero negro bajo su base.

En cuanto Carmen salta al interior del orificio, la estalagmita se cierra al momento, recuperando así su posición inicial.

En este nuevo espacio ha perdido la capacidad de volar. Ahora cae por un túnel oscuro, fuertemente atraída por una gravedad cuya potencia sobrepasa nueve veces la normal. Esta fuerza, además de insoportable y mareante, es centrípeta. Tira de ella de manera sobrehumana al tiempo que da vueltas hacia el interior del torbellino, se siente mareada y sin capacidad para respirar.

Pero el eco de unos cánticos lejanos van suavizando su agonía y poco a poco, el agujero también va perdiendo esa fuerza de atracción. En esta parte, simplemente se desliza. Sigue la forma tubular que serpentea durante minutos en un descenso de natural caída. Minutos que le acaban pareciendo horas, eso sí.

Y cuando menos se lo espera, llega hasta un lugar con forma de cono que acaba en otro agujero, cuyo sistema recuerda al de un desagüe, por el que es absorbida vertiginosamente y, a su vez, sale disparada hacia otra enorme cueva. En este caso, cayendo desde una de las miles de estalactitas que pueblan el techo, para hundirse por completo en el gran lago subterráneo de aguas humeantes.

La orilla está repleta de dríadas canturreando y tocando. Hay muchas agrupadas en el mismo lugar, unas con mandolinas, otras valiéndose de flautines, ocarinas, arpas, tambores... Forman una orquesta desbaratada en la que utilizan, además de sus encantos y sortilegios, las habilidades de algunos animales cuyas expresiones de alucinados, permiten adivinar el grado de insania al que están sometidos. Distingue pájaros carpinteros encabezando la percusión más repetitiva e histriónica. Sapos, cuervos y lechuzas haciendo coros demenciales entre desincronizados graves y agudos. Avispones, cigarras y moscones en las cuerdas de la tortura, mosquitos con los vientos del desvarío pertinaz y otros tantos más, hasta completar la ciénaga musical del multitudinal acervo de tormentos.

Y en medio de toda esa barahúnda, el enorme fauno que baila imponente la esperpéntica danza del cortejo. Sus pasos conducen a la locura, ahora bien, cuando los acompaña con su canto, entonces, la demencia brota de su voz y se expande a los oídos de quien la escucha. Son incontables los seres que caen rendidos a los pies de este profanador de ilusiones que, cuando intentan seguir su ritmo frenético, la perturbación los arrastra a las profundidades del infraser, los engalana con sus mejores delirios para lucirlos en el cenagal del babeo y la alienación de sí mismos. Mientras el fauno desequilibrador de destinos, perpetúa sus movimientos y se engrandece con cada melodía desfasada por la fatalidad, los muy cretinos, siguen bailando las ñamerías de este ser embaucador hasta convertirse en meros autómatas desacompasados y faltos de energía, mantienen los canturreos sin poder callar. A pesar de sus voces roncas por el chirriante cúmulo del desentusiasmo chillón que, incluso al enmudecer, los eterniza y doblega, cantando con unas cuerdas que no emiten más que berridos sordos.

Al otro lado, montones de náyades adulan y deleitan a sus huéspedes con sus melodías, se adentran por la gruta mientras bailan y canturrean con ellos. Hay trasgos, trolls, enanos, sátiros, innumerables cigarras que tocan a golpe de zumbido, osos perezosos, saltamontes y cientos de seres fantásticos apretujados a lo largo y ancho del lugar. Y todos parecen hechizados ante los delicados cantos de las bellas nereidas.

Carmen nada hacia la orilla con cuidado de no ser vista. El chapuzón le está resultando más agradable de lo que imaginaba y no sólo por la cálida temperatura del agua, sino, también, por la melodía que resuena en la cueva. Esos acordes tienen algo que la incita a dejarse llevar por el mero placer del disfrute. De hecho, le encantaría quedarse todo el tiempo a remojo y regocijarse del chapuzón hasta aburrirse. —Qué lástima, se está tan agustito...—

A pesar de sus deseos, decide continuar con sus pesquisas y esconderse tras una roca, es importante analizar el espacio con tranquilidad. —Habrá alguna manera de salir sin que nadie me vea.—Y debe hacerlo antes de que el desquicie general se apodere de ella, empieza a sospechar que hay una fuerza extraña que lucha contra su intuición para dejarla fuera de juego. Aún no sabe el qué, pero presagia peligro.

Estudia las paredes de la gruta y observa que son de brillante obsidiana, al igual que la anterior. Aunque sólo se distingue en la parte superior porque, hacia el suelo, no queda espacio sin ocupar en el que no haya alguien moviéndose al contrasentido de la música. —Los vampiros a chupar la energía y la obsidiana a regenerarla... Qué ruina.—Escudriña cada grupo con la mirada, cada recoveco. Vuelve a repasar varias veces por si le ha quedado algún espacio sin revisar. Y nada, ni rastro del marsupial y tampoco de su amigo. —Si está la zarigüeya, Teo no andará muy lejos.— No obstante, entre el tumulto de esperpentos, va a resultar más que complicado encontrarlos.

Aumenta los esfuerzos y revisa con tenacidad cada detalle del emplazamiento. Se percata, entonces, que el riachuelo subterráneo que escuchaba desde la otra galería, es el que acaba en forma de cascada sobre este lago. Precisamente, una de las zonas más concurridas. De haber llegado por ese conducto, habría sido descubierta al instante. —Menos mal.—Piensa aliviada sin dejar de rebuscar.

Y llama su atención sobre el resto, un grupo de sirenas y tritones que juguetean, bajo el chorro de agua, a disparar medusas que acaban espachurradas en las caras de aquellos a quienes descubren mirando.

Carmen consigue esquivar una medusa que se despatarra en la cara de un enano. En cuanto el pobre es capaz de despegarla, el bicho vuelve al agua de un salto. La niña se percata que la piel del enano empieza a palpitar y a enrojecer, su cabeza se hincha y crece hasta tal extremo, que multiplica por doce el tamaño de su pequeño cuerpo. "Et voilá", se ha convertido en un enano cabezón desmesuradamente desproporcionado.

Y ahora que se fija mejor, descubre varios cabezones que destacan entre la muchedumbre hacinada. —¿Cuánto durará este efecto? Se las traen estos jueguecitos, si lo viera mamá, no sé qué pensaría. Esto sí es un peligro y no saltar en su cama, como dice ella. —Por otra parte, le cuesta contener la risa, en el fondo, tiene su gracia la deformidad que provocan las medusas. —Mejor esquivarlas...—

Continúa examinando a la multitud en busca de sus amigos pero lo hace aliviada, sabe que ha llegado al lugar correcto de la manera precisa. Es evidente que la suerte y la intuición van de la mano. Cuando se deja guiar por ella, todo funciona a la perfección. Los fallos no existen y los hechos se dan tal y como deben, aunque, a priori, no lo parezca.

El larguirucho cuerpo de una oruga morada capta su interés repentinamente. Carmen analiza cada uno de sus movimientos, en conjunto, resultan más que preocupantes. El gusano sigue el ritmo de la canción de un modo delirante: mientras le cuelga su enorme lengua azul y los ojos le hacen chiribitas, sus patas, descompasadas respecto a gran parte de su propio cuerpo, se mueven de manera robótica. Y justo ahí, ¡sorpresa! Aparece la zarigüeya atrapada bajo la parte inmóvil de la oruga. —Normal que no hubiera dado con ella a simple vista. Sólo asoma su rabo y poco más, pobre.—Sonríe ante la escena y vuelve a escuchar al marsupial en su cabeza.

—No escuches sus voces o caerás en sus redes. Practica el arte de la distracción. Mi mayor virtud.

La niña, con suma obediencia, arranca un poco del musgo amarillento que reviste las rocas y lo mete en sus oídos improvisando tapones.

—Oh, pero.. ¿No piensas deleitarte con la siguiente tonadilla? Nosotros ya sabemos la letra, ¿verdad?—Le comenta un trozo de musgo al otro.

Carmen les manda callar mientras rellena sus orificios auditivos, —con esto se acaba el problema.—Se dice en su fuero interno. Escuchar esta música supone un peligro para cualquiera y ella hacía rato que sentía ciertos achaques en su cuerpo. —Hay que reconocer que es pegadiza.—De hecho, ya seguía su ritmo en automático sin tener en cuenta las horribles consecuencias.

Se dirige hacia la zarigüeya simulando escuchar la cantinela, pone expresión de chiflada imitando las caras que ve a su alrededor y mueve sus caderas al igual que el resto, como si bailara el despropósito de una melodía.

La niña coge a la zarigüeya de la mano y tira del animal con todas sus fuerzas. Pero no consigue gran cosa. Tal vez la haya movido unos milímetros, en el mejor de los casos, aunque nada significativo teniendo en cuenta que sigue atrapada bajo el gusano. Reanuda la operación empleando otra técnica. Primero empuja a la oruga con mucho disimulo y en lo que puede, remedando su extraño ritmo. Es vital que deje de espachurrar a la zarigüeya con su bamboleo febril, en cualquier momento acaba con ella. De facto, le cuesta entender cómo tiene tanto aguante, aunque el instinto de supervivencia es algo superior.

Vuelve a tirar del marsupial con todas sus fuerzas para sacarlo del hoyo en el que está metido. Y todo ello, sin que nadie se entere de la hazaña. Puede ser complejo, pero no imposible. Y Carmen es muy perseverante cuando se propone algo.

Tras arduos esfuerzos y varios trompicones, se alejan apoyadas la una en la otra.

Resulta un milagro que nadie se haya percatado de su huida, ni siquiera la oruga. En realidad, todos siguen canturreando y moviéndose de manera hipnótica, sin darse cuenta del rescate que acaba de acontecer.

Todos bailan y enloquecen a ritmo desacompasado de canción y en medio de tal avispero, el fauno continúa con su danza mientras la vesania de su cortejo, se expande entre cada uno de ellos.

Capítulo 18

El ojo que todo lo ve

Daniel aún está asimilando el hecho de haber sido capaz de comunicarse con su hermana. No se quita de la cabeza el viaje a través de sus ojos. Ha visto lo mismo que ella durante un buen rato. Y no sabe muy bien cómo ha sucedido, ni cómo explicarlo, pero así es como lo ha sentido. Además, le parece increíble que Carmen sea un dibujo animado similar a los que salen en la tele. Parece ser, que ahí donde ella se encuentra, es todo de pintura. Es muy extravagante lo que sucede en esta parte del mundo y hay muchas cosas incomprensibles para él. El mero hecho de estar en el mismo lugar no sólo le provoca dudas, sino que le hace plantearse varias cuestiones. —¿Por qué soy de luz y ella es de pintura? No entiendo nada, es rarísimo. —Daniel busca explicaciones lógicas sin hallar respuesta.

Entretanto, Mina y Theo vuelven a discutir acaloradamente sobre el poco tiempo que precisan para despertarle. —¿Quién será esa persona de la que llevan hablando todo el tiempo? ¡Qué rabia jolín!—Por lo afectados que se muestran, debe ser muy importante para ellos. El niño vuelve a preguntarse de quién estarán hablando, quién será ese tipo "tan relevante" al que deben rescatar de su prolongado letargo.

La mujer insiste en la idea de confiar en el potencial de Carmen, hasta la fecha, ha sido la única persona capaz de conectarse con él desde otras dimensiones.

—Y eso es a tener muy en cuenta.—Le repite a Théo con mucha insistencia. Daniel los tantea con la intención de resolver sus incógnitas y de calmar el ambiente.

—¿Qué os parece mi hermana? ¿Visteis lo mismo que yo?

—Claro que sí y los dos sois unos niños muy especiales, aunque es algo que ya deberías saber. ¿Verdad?—Théo le guiña un ojo de manera cómplice y continúa explicando. —Mira a tu alrededor. ¿Qué ves ahora?

Daniel gira sobre sí mismo escudriñando cada rincón de la diáfana sala: el suelo le recuerda a un lago helado y la bóveda cristalina, hecha de amatista, emite destellos que le tienen cautivado. Su mirada mental le abre la perspectiva hacia una panorámica borrosa entre tanto resplandor. Detiene su mirada en el rosa de las paredes, que se eleva hacia la cúpula para fundirse con la luz morada que predomina arriba.

—Concéntrate SúperDaniDaniel, no te fijes en la belleza superficial de la sala. Siéntela.—Le sugiere Mina.

—Es muy importante para nosotros que consigas percibir la energía de amor que nos rodea.—Añade Théo.—Y para ti es pan comido, has conseguido cosas maravillosas hasta llegar aquí.

—Ten confianza en tu voz interior. —Apostilla Mina con una amplia sonrisa.

El niño sigue los consejos de sus nuevos amigos y en cuanto cierra los ojos, las paredes de la estancia comienzan a parpadear en busca de señal. En cuestión de segundos, se convierten en grandes pan-

tallas en las que se suceden diferentes escenas a modo de película.
Muestran determinados momentos en la vida cotidiana de un niño
pelirrojo, cuya edad debe rondar la misma que la suya, unos siete
años.

En cada una de las imágenes se aprecia la terrible soledad y tristeza
que siente dicho niño. No importa si aparece en distintas situaciones
del internado o en casa, con su numerosa familia. Aún si lo vemos
jugando en la calle o con más gente, siempre transmite desdicha y
la constante sensación de aislamiento, por muy acompañado que se
encuentre. Y sin querer, esculpe su seña de identidad moldeando un
rasgo que se hizo perenne a lo largo de su vida.

Hay una escena que se repite entre todas:

La imagen de una lápida con su mismo nombre y apellidos.

Daniel se conecta directamente con la esencia de este niño en uno
de estos momentos. Es la primera vez en su vida que utiliza la empatía y descubre, para su asombro, que puede sentir, exactamente, lo
mismo que el niño pelirrojo, quien no podía entender por qué le habían puesto el mismo nombre que a su difunto hermano. Hecho que
le marcó durante toda su vida y le hizo sentir la sombra de alguien
que nunca llegó a conocer. Lo quiso tanto, como lloró por ambos durante años. Y cualquiera de los dos era digno de lástima. —Qué triste
y solo se siente... —Daniel capta su pena profunda, una fatalidad con
arraigo por el paso del tiempo en la que, según van pasando los años,
aniquila todo sentimiento.

A medida que avanzan las escenas, el chiquillo pelirrojo va cre-
ciendo, hasta convertirse en un adolescente. Abandona los estudios
y empieza a trabajar, pero nada cambia su aclimatada angustia. Vive
varios desamores. Y tampoco acaba de encontrar su espacio en el
mundo laboral, pese a intentarlo en reiteradas ocasiones.

Hasta que empieza a pintar.

En ese instante, germina una pequeña semilla de felicidad. Y a partir de ahí, Vincent ocupa todo su tiempo en hacer lo que más le gusta: PINTAR.

Pasa su vida pintando, sin importarle el lugar o a quién. Pintar se ha convertido en su misión de vida.

La única imagen de auténtica felicidad, si no es pintando, es la que comparte con una mujer algo mayor que él. Ella lo ama de verdad, pero, al final, las familias provocan la separación de la pareja. Y con ello, vuelve a estancarse en su desconsuelo. Víctima de la soledad profunda, enraizada y devastadora.

Ya no hay nadie en su día a día que se preocupe de darle amor. Y menos aún, de entender sus pinturas. Ni de conocerle a él mismo. Y de sus reiteradas extravagancias, ni hablar. Nadie que ahonde en su persona de un modo auténtico, con verdadera minuciosidad e interés y sin que por ello, se sienta avergonzada ninguna de las partes. Nada. Nada de nada. El conjunto vacío.

Nadie, que él supiera o de quien fuera consciente, salvo dos de sus hermanos: Theo y Mina.

Y aún así, no consiguieron evitar su trágico desenlace.

Daniel percibe otra escena en los extrarradios de su mente y vuelve a conectarse de manera automática con ese hombre.

Dos adolescentes pelirrojos caminan campo atraviesa. Aunque no se distinguen las caras, se aprecia que uno debe ser poco mayor que el otro y lleva una pistola entre sus manos. El más joven también quiere el arma y empiezan a forcejear. Entre empujones y zarandeos, la pistola se dispara sin querer y un proyectil sale directo hacia los matorrales.

Tras uno de esos arbustos, aparece el hombre pelirrojo, pincel en mano y con el pecho escandalosamente ensangrentado. Intenta hacer aspavientos para restar importancia al accidente, pero cae desplomado sobre sus rodillas sin tiempo a mediar palabra. Los jóvenes corren hacia él tan rápido como pueden. Están muy asustados por el estado del hombre. Y acaban discutiendo entre ellos, casi hasta se pegan en esta ocasión.

Pero ninguno quiere reconocer la culpa.

Finalmente, huyen en direcciones opuestas dejándolo tirado en el suelo, solo y semi—inconsciente, junto a la pistola mugrienta y su adorado pincel que, poco a poco, se va tiñendo de sangre hasta desaparecer en un charco rojo.

—¿Ves? Sabía que nos serías de gran ayuda.—Théo provoca con sus palabras que el niño vuelva al instante presente. Y se siente satisfecho por el descubrimiento, eso es innegable. Pero la compasión que le genera Vincent es superior. Hasta el momento, no había sentido una tristura tan desgarrante como la suya. Y tampoco ese vacío en el corazón.

—Ahora sabrás a quién queremos ayudar, te das cuenta ¿no?— Dice Mina.

—A vuestro hermano, pobrecito...

—Sí.—Responde Mina algo entristecida. —Lleva atrapado en su propia burbuja mucho tiempo pero no es consciente de ello. Hasta recreó un lugar en el que atormentarse.

—¿Dónde está ahora? ¿Lo sabe Carmenchina?

—Él la trajo hasta aquí. —Aclara Théo. —Pero ya no están juntos aunque, si logramos conectamos con ella, podremos encontrarlo.

—Donde recogió a la zarigüeya ¿Verdad?

—Casi seguro. Pero mejor será que lo comprobemos directamente ¿No te parece? —Mina se acerca hasta Daniel, vuelven a darse la mano y a colocarse en círculo mientras se concentran pensando en Carmen.

Al instante, las paredes de la sala vuelven a emitir señales parpadeantes durante unos segundos y a continuación, todo se vuelve negro.

Capítulo 19

Tras la luz del faro aparece el norte

La zarigüeya suspira aliviada mientras descansa a los pies de una gigantesca pared de piedra. Aparentemente, no corren peligro en este lugar. Sin embargo, el simple hecho de imaginarse otra vez en la orilla del lago, le revuelve el estómago. Le provoca espasmos y taquicardias.

—Asqueroso, fétido e insalubre tufillo del pantano...—Sólo al recordar la escena, se le acelera el corazón.

Carmen, por otra parte, examina el entorno con sumo cuidado, evitando llamar la atención de cualquiera. Pasar desapercibida en estos momentos de su vida, se ha convertido en algo trascendental para ella y ya le sale de manera espontánea, rozando el nivel profesional si se descuida. Busca alguna salida y revisa cada hueco o fisura por pequeña que parezca. Repasa todas las esquinas y rincones con minuciosidad. No deja espacio sin escudriñar. Y a pesar de ello, no advierte nada significativo. —No es posible... ¡¿Cómo no va a haber una salida?!—Piensa con ligera incredulidad.

—Eh, tú ¿Dónde está mi amigo?—Pregunta algo ofuscada por la situación.

—Atrapado en su propio reflejo. Duerme en un lugar mejor que este hediondo...—La zarigüeya mira despreciativa hacia la zona del lago mientras la niña interrumpe su discurso y la zarandea ligeramente.

—¡¿Pero dónde?! Ya está bien de tanto misterio. ¡Jolín!

El masupial señala el gran espejo de tonalidades cobrizas que luce encajado en la boca de otra gruta.

—¿Y por qué no lo dices desde un principio? ¡¿O presupones que tengo que adivinarlo todo?! Ay, empiezo a perder la paciencia con estas cosas.

Se dirigen hacia dicho espejo con un rítmico vaivén, por si alguien entre la marabunta demencial, pudiera detectar sus movimientos. No hay que dar nada por hecho, aún con distancia de por medio. Carmen palpa cuanta superficie le es posible, pero a juzgar por la extensión del metal, no será demasiada.

Y entonces sucede, su brújula interior orienta la mano hacia una de las esquinas inferiores, siente una protuberancia metálica sutil que pasa desapercibida a simple vista, pero su fuerza de atracción es tan poderosa como la de un imán: el símbolo de la rosa de los vientos. Cada punta dispone de una cerradura cuya forma indica el punto cardinal que señala.

—Voy a elegir la del norte, por eso de no perderlo. Pura intuición.—La niña mira expectante hacia la zarigüeya.

—La sabiduría interior reside en el Norte de la rueda, en ese sentido está bien pensado. —Cambia a un tono de resignación.—Aunque yo me habría dejado llevar por el "calorcito" del Sur, lo prefiero mil veces. Aún estás a tiempo de cambiar...—La zarigüeya pestañea suplicante.

—No te esfuerces. Si la brújula señala el Norte, es por algo.—Sonríe con pillería mientras busca el cierre del colgante para coger la llave maestra.—Por fin ha llegado tu momento, ya me había olvidado de ti.—Con la llave en la mano.

Carmen vuelve a revisar cada cerradura y sus diferentes formas. "E" del Este, "S" del Sur… Y así, hasta llegar a la "N". Analiza la llave con desconfianza, le parece algo más grande que el singular pestillo. —Pues la forma no encaja, por muy maestra que sea. —Con cierto escepticismo, pasa el llavín por encima de la rosa de los vientos para comprobar medidas.

Y ocurre sin más. Tal cual imaginaba en su fuero interno y por más achares que albergara, la llave cambia de forma y reduce su tamaño, ajustándose a la perfección, al cerrojo del norte. Sucede de un modo mágico e instantáneo. En cuanto la introduce y la gira, el espejo desaparece sin hacer el menor ruido para alivio de los dos, permitiendo el acceso hacia otra gruta. —La salida que buscamos. —Piensa Carmen.

Niña y marsupial observan atónitos el suelo de este nuevo espacio que se abre ante ellos. También tiene la forma de una rosa de los vientos pero, en este caso, es de un tamaño imponente, descomunal podría decirse. Y se mantiene suspendida en el aire, sobre lo que parece un mar subterráneo de aguas embravecidas. Cada pico de esta nueva rosa conduce hacia un pasadizo diferente, coincidiendo, a su vez, con el punto cardinal que señala. —El mismo sistema de la cerradura.—Deduce.

El techo realza la belleza del insólito lugar, está completamente iluminado por cientos de estalactitas transparentes de diferentes colores, cuya luz tenue y relajante brota del interior de cada una. Incontables estalactitas de variados tamaños e intensidad lumínica se extienden por toda la bóveda, lo cual, evoca un macizo colgante de lámparas de sal en suspensión.

La zarigüeya se adentra en esta cueva y hace un ademán a la niña para que siga sus pasos, pero al pisar el primer escalón que conduce a la rosa de los vientos, sus puntas se desencajan del símbolo y empiezan a elevarse. Todas, salvo la que indica el Norte. Casualidades o no, justo la que está situada frente a ellos. —La estrella es kilométrica, está demasiado lejos... —Carmen busca la mejor opción para llegar al pasadizo del Norte. —No hay tiempo que perder si no queremos acabar ahogados. —El oleaje del mar subterráneo y sus rugidos se magnifican bajo la rosa de los vientos. —Sería peor morir clavados en una estalactita.— Observa cómo cuelgan amenazantes desde el techo, en este caso, no tendrían escapatoria. Vistas desde abajo, por bonitas que luzcan, se perciben como cuchillos de cristal.

Coge a la zarigüeya con rapidez, sin más vacilación que la de calcular distancias y en cuatro o cinco zancadas bien grandes, sube los nueve escalones y de un salto más que prodigioso, consigue llegar hasta el corazón del símbolo marinero. Da la impresión de ser un lugar más seguro, aunque, a estas alturas de la película, no disponen de más salidas que la ya elegida con anterioridad. Las otras puntas de la estrella flotan sobre sus cabezas a ras de estalactitas. Se salvaron por los pelos.

Sólo les queda tomar conciencia del único túnel disponible para ellos. Obviamente, no es lo que Carmen esperaba. Lo mira con recelo y cierta desilusión. La entrada es tan pequeña como espeluznante.—Espero que sea ilusión óptica, porque da mucha grima.—

La zarigüeya se jacta ante la elección que ha tomado Carmen. Le guste o no, no tienen alternativa. Es eso o tirarse al mar. No obstante, resulta innegable que el insignificante tamaño de la entrada, podría confundirse con una madriguera liliputiense. Sin embargo, ha sido ella la responsable de tomar ese rumbo. El marsupial había dejado bien claro que prefería sur, calor y mucha luz. Pero hay que saber afrontar las consecuencias con elegancia.

—Estilo del que muy pocos pueden presumir.—Puntualiza el animal.

—¡Es un agujero repugnante! ¡No cabe ni un gusano!—Reniega Carmen en la boca del pasaje.

—Deja de protestar y copia mis movimientos, es muy fácil y no tenemos otra opción, tú abriste la entrada del Norte. ¿Recuerdas? "Pura intuición", dijiste. Pues ahora apechuga y calla.

La niña sigue a la zarigüeya en silencio e imita sus maniobras lo mejor que puede, pero la entrada le resulta un suplicio, está llena de telas de araña y se percibe muy oscura, le asusta poner la mano encima de un bicho o cualquier otra cosa viscosa. Aunque se acaba introduciendo en el pasdizo, sin hacer demasiado caso a sus fobias y sin manifestarlas.

Una vez se adentran, lo primero que llama su atención es la gruesa capa de musgo luminiscente que cubre paredes y techumbre. Si bien debería estar todo oscuro, estas plantas fosforescentes se iluminan al pisarlas o aplastarlas, provocando unos efectos radiantes de varias tonalidades. Al igual que sucede con las esporas, cuando se expanden por el aire en forma de incontables chispillas de luz. La mezcla de luces y distintos brillos, da lugar a una escena tan hermosa que procurará mantenerla viva en su memoria. —¡Qué preciosidad! ¡Me encanta haber elegido este camino! —

La fascinación que le causa la bioluminiscencia le dura un instante, ya que a Carmen le resulta agotador mantenerse tanto tiempo a cuatro patas. Por esa razón, no sabría decir si llevan horas o minutos. Lo que sí sabe, es que el recorrido se le está haciendo eterno, puesto que la mejor de las posiciones a la que puede optar, es avanzar en cuclillas. Y de ahí, su pesar más que respetable. Resulta excesivo no disponer del espacio suficiente para incorporarse en algún tramo del túnel. Es evidente que el cobertor vegetal aporta placidez cuando se trata de arrastrar el cuerpo a lo largo del pasadizo, pero, aún así, a la niña le está resultando insufrible. —¿Viaje o tortura? Y me quejaba de las escaleras. ¡Qué horror!—Y eso, sin hacer mención de lo mucho que le cuesta respirar en este punto.

La sensación de asfixia empeora a medida que avanzan.

Y el ambiente enrarecido por las esporas luminiscentes, tiene mucho que ver con la toxicidad que se respira. No le extrañaría que en cualquier momento empezaran a desvariar. Las endosporas se mantienen suspendidas en el aire y cada vez que rozan el musgo, aumentan en número, si cabe. Se multiplican formando un efecto de luces más que llamativo aunque, al parecer, con algún componente nocivo e incluso alucinógeno.

Carmen intenta reconducir sus reflexiones hacia pensamientos positivos, pero la incómoda postura que mantiene desde hace rato, no le permite hacer alardes de autocontrol. Algo le impide henchir sus pulmones de aire y empieza a dudar de su capacidad de aguante, no resistirá más tiempo de este modo.

La sensación de claustrofobia asoma por momentos y se extiende como la pólvora en su pensamiento. Y del mismo modo, el pesimismo se va apoderando de su mente para tomar el control de la situación.

—¿Falta mucho? No puedo más, parecemos dos alimañas. —La zarigüeya sonríe ante el comentario jadeante de la niña e intenta apaciguarla como puede.

—Ya estamos llegando, ánimo.

Siguen avanzando prácticamente arrastras y en total oscuridad. En este nuevo tramo al que han llegado, ha desaparecido el confortable musgo que además de ser mullido, iluminaba con el simple roce. Ahora, con cada movimiento de sus cuerpos, sienten el frío contacto de las rocas que componen suelo y paredes. Pero, al menos, se puede respirar a pleno pulmón, lo que supone un gran alivio para ella.

Tras varios minutos reptando sobre rocas afiladas, vuelven a percibir claridad al fondo, lo cual, les motiva a darse prisa. Sobre todo a Carmen, que ya no puede más.

La luz proviene de un faro erigido sobre grandes rocas que, de manera intermitente, son engullidas por el mar bravío y en momentos muy puntuales, también sucede lo mismo con el propio faro, ya que el impetuoso oleaje revela su fuerza marina y eleva sus embestidas sobrepasando los muros que lo delimitan. Desaparece unos segundos para emerger con la clemencia que le otorga un amo conocedor de su poder. Tras el fino rastro de una espuma luminosa, tan brillante como azul, resurge de las aguas y con él su luz.

Carmen recupera la respiración en cuanto ve la salida a medio metro de su nariz. Y aún se alivia más, cuando descubren el camino que arranca desde el final del pasadizo y va circunvalando peñascos hacia la parte trasera del faro.

Toman el sendero sin problema, la zarigüeya se anticipa a la niña que no sólo se siente cansada y con el cuerpo agarrotado, sino que, además de sus pormenores, va analizando cada detalle de la playa subterránea. Se le van los ojos hacia la claridad que emana la arena, incluso percibe toques reflectantes. Luce tan delicada y fina con esos brillos plateados que incita a descalzarse y salir corriendo para hundir los pies en ella. —¿Será porque no le da el sol? —

A Carmen le surgen serias dudas de que pueda existir algo de semejante hermosura en el mundo real. No tanto por la belleza, sino por la singularidad propia del lugar. El matiz pintoresco que lo hace especialmente atractivo, único e irrepetible.

Aunque no hay cielo sobre sus cabezas, no lo echa en falta puesto que lo sustituye un techo lleno de estalactitas. Tal y como se apreciaba en la gruta de la rosa de los vientos, también emiten una luz sutil desde su interior. —Adoro este lugar. ¡Me encanta!—

A la izquierda del camino capta su interés el acantilado rocoso con su cautivador mar de ardora, cuya luz azulada se aprecia en su máximo esplendor bioluminiscente cuando rompen las olas. El contraste entre mar y techo es de una hermosura difícil de describir para la niña, no encuentra palabras ante la estética natural del entorno. —Esto compensa cualquier suplicio anterior.—

No tardan demasiado en recorrer el camino que serpentea a través del entramado rocoso, va tejiendo una filigrana de tierra y arena brillante entre moles de granito. Carmen contempla extasiada sus formas caprichosas. —¡Rozan el enigma!—El tamaño ciclópeo y la disposición imposible sugieren mastodontes colocados a lo largo de la playa. Incluso llegando a los dominios del faro, "los gigantes" pétreos aumentan en número y se yerguen bajo su base a modo de guardianes. Parecen seres de piedra llenos de vida cuyo único cometido es el de vigilar y proteger ese lugar tan atrayente para ella. —¡Gigantia! Sabía que existía este lugar, lo sabía...—No puede ni quiere evitar el soñar despierta e inconscientemente, siempre acaba encontrando pruebas que confirman la existencia de distintos seres mitológicos.

Y no es casualidad que en este viaje haya conocido a unos cuantos. —Esto explica muchas cosas.—Razona.

Está disfrutando sobremanera con este paseo, no sólo por la belleza del entorno subterráneo, sino con este aroma a algas que le transporta a muchos momentos vividos en sus vacaciones junto al mar.

Se agolpan recuerdos llenos de felicidad en cuestión de segundos, este efluvio marino es una máquina del tiempo para ella. Aunque, al instante, siguiente la devuelva al rompecabezas del presente. Igualmente, resulta una bendición. Se deleita y admira cada una de las peculiaridades de la caverna y comprende, que se siente muy a gusto en este lugar, tanto, que se deja llevar por la sensación reconfortante de haber llegado a tierra firme y segura.

No obstante, Carmen vuelve a la realidad fatídica de la situación cuando vislumbra por el rabillo del ojo, que la zarigüeya está abriendo la puerta del Norte. —La puerta del faro guía.—Esta reflexión le hace tomar el control de sus sentidos, debe olvidar su visión de excursionista y retomar el verdadero motivo que le ha traído a este mundo onírico. Aunque le fastidia lo indecible hacerlo con prisa. Por ella, permanecerían más tiempo en esta zona, es tan hermética y cautivadora como infinita y envolvente.

Necesita unos segundos para disfrutar del sosiego que emana este espacio. Pues, de algún modo, persiste en su alma esa atracción subyugante que la deja absorta, mirando el mar resplandeciente que viene y va, hechizada por la espuma luminosa que cubre el faro cuanta más altura alcanzan las olas. Ahora integra en su ser la luz que se percibía al final del túnel, no era sólo del faro, provenía del sobrecogedor conjunto. — Mi rincón preferido a partir de ahora.—En realidad, más que sorprendida se siente oriunda de esta tierra preciosa y de toda esta energía. Ha calado hondo en su alma.

La zarigüeya desconecta a Carmen de su ensoñación tirando de su brazo con todo el ímpetu que puede, necesita arrastrarla hacia el interior del faro cuanto antes. Y por la resistencia que opone su cuerpo, será muy a su pesar.

A Carmen le encantaría poder quedarse un rato más para observar a los gigantes de piedra. —Seguro que se mueven si me fijo bien, estoy segura.—Consigue atrapar en su retina esa imagen idílica, con la esperanza de mantenerla viva hasta el fin de sus días. —Adiós Gigantia...—Se resiste a perder de vista este lugar tan maravilloso. Pero, cuando se propone a darle otro repaso, la mano peluda del marsupial cierra la puerta sin darle otra opción que la de asumir el momento presente. No pueden perder más tiempo si quieren cumplir su misión. Es su único propósito en realidad. —Un rugido de amor y mil horas de tormento...—Se lamenta.

Y vuelve la canción exasperante de una desesperación que sin querer despertar, despierta a su propia bestia interior. El rugido de las olas y su burbujeo luminiscente envuelven al faro borrando todo rastro del mismo. Se aparta, ignora y sacude insistente las olas de un olvido que no abandona y aún a riesgo de enmudecer su alma, habiendo perdido el Norte, implora...

Tras el paso del mar espumoso y el silbido del viento, reaparece de la nada, imponente, presidiendo el acantilado rocoso y a los guardianes que lo velan en silencio.

Capítulo 20

Espejito, espejito mágico

El interior del faro ha superado con creces las expectativas de Carmen, sobre todo, la cúpula central, cubierta en su totalidad por un metal dorado y lustroso cuya emisión de luz cálida y confortable, crea un ambiente más que acogedor. La altura que se percibe en esta sala diáfana, sin otro espacio al que acceder a simple vista, supone un auténtico placer para sus sentidos. Por fin puede estar de pie dentro de un lugar y disfrutar del total estiramiento de sus extremidades. —Y me sobran metros hasta llegar a lo más alto de la bóveda. ¡Qué placer! —La niña observa que el interior del faro no se corresponde con el edificio de base cilíndrica que se percibía desde fuera, por dentro es cuadrado. Sus cuatro paredes son de un metal cobrizo muy pulido, recuerda al espejo que tapiaba la entrada a la caverna de la rosa de los vientos. Y no dispone de ventanas ni tragaluces, no hay acceso al exterior de no ser por la puerta.

En el centro de la estancia, una cama sobre la que descansa un hombre de mediana edad. —¡La misma que salía en los cuadros! —Por lo que recuerda de su corta visita al museo. De todos modos, le parece un dato curioso que sea exactamente, esa cama y no otra en cuestión.

Observa al hombre que duerme profundamente sobre el camastro. Es bastante alto, teniendo en cuenta la longitud de su silueta, ya que ocupa casi todo el colchón. También se le ve robusto, a pesar de su delgadez.

Y ahora que se fija con más atención, su cara le suena bastante, podría decirse que le resulta un tanto familiar. Al igual que su cabello. —¡Pues claro! Es inconfundible ese pelo color fuego.—

La zarigüeya señala hacia las paredes de la estancia, están actuando como espejos en los que se refleja el hombre pelirrojo. Cada uno de ellos está orientado hacia el punto cardinal que se indica en la parte inferior.

Carmen ojea de Norte a Sur y corrobora que los reflejos son distintos al hombre que dormita en el centro de la sala. Interpreta que son diferentes versiones de la misma persona. Es una certeza que fluye en su interior. —Todos son uno, está claro.—

El espejo del Este, refleja al duende que la transportó al interior del cuadro, su cara está verde y arrugada. En esta versión se ve tan pequeño y anciano que le resulta muy enternecedor. Carmen suspira conmovida mientras lo examina. Asimismo, la zarigüeya le explica que dicho punto cardinal, nos muestra el reflejo que contiene su parte espiritual. —Por lo visto, la fe no parece su fuerte. —Razona la niña para sus adentros. Esta imagen pone de manifiesto que su esperanza se consumió con el paso del tiempo. El sendero que le guía hacia su realización espiritual se ha esfumado y la búsqueda iniciática para alcanzar su iluminación, ha dejado de inspirarle. —No tiene buena pinta, no. Pobre viejito.—Carmen observa sigilosa el reflejo del Este y al mismo tiempo, el que fue su primera toma de contacto con este mundo.

—Y ahora vamos a comprobar mi preferido: El punto del Sur. Nos presentará al protector de su niño interior. —El marsupial acaba su comentario justo cuando se sitúan a los pies del segundo espejo.

Ambos reconocen al mismo duende enano de la anterior imagen, pero en el reflejo del Sur, observan que no se percibe tan avejentado ni carcomido. Aún mantiene el color verdusco que le caracterizaba y sigue arrastrando aflicción y cierta apatía en sus rasgos, aunque es evidente la mejoría. La zarigüeya aclara que, en este punto, se aprende la importancia de la humildad para vivir en paz con uno mismo y no sólo eso, también nos enseña cuándo confiar para que se equilibren la inocencia y el raciocinio de nuestra personalidad. —Pues lo veo muy verde, la verdad.—

—Por mucho que maduremos, no hay que olvidar a nuestro niño interior, una de las claves para ser felices.—Indica el animal.

La tercera imagen que examina Carmen, coincidiendo con el Oeste, es la de un hombrecillo más jovial, de barba y cabellos anaranjados, mirada profunda y acogedora. Conserva el aspecto que tenía "Teo" la última vez que lo vio, tal cual lo recuerda. —Sigue siendo entrañable a pesar de los cambios. —Piensa.

—¿Adivinas qué guarda el reflejo del Oeste?—La zarigüeya mira esperando respuesta de la niña.

—No se me ocurre, dímelo tú.

—Muy fácil: La senda que nos guía hacia nuestras metas, hacia la realización de nuestros sueños. —Y el animal contesta lleno de satisfacción ante el desconocimiento de Carmen.—Aquí descubrimos nuestra verdad personal y hallamos respuesta a las preguntas interiores.

—¡Qué interesante! No tenía ni idea.

La zarigüeya añade que el Oeste, también indica los caminos que nos conducen hacia nuestros objetivos del alma, hacia la realización de los sueños esenciales del ser. Y concluye la explicación con el último detalle de interés aludiendo que, en este punto, encontramos al guardián de los sueños, una figura muy importante de nuestro ser, sobre todo, si se realizan viajes astrales.

Carmen observa este reflejo de cerca, no parece tan dañado como los anteriores. —Su alma sigue soñando. Está claro que tiene un buen guardián.—Por si acaso, prefiere no dar voz a sus elucubraciones. Pero en estas tres facetas recién analizadas y a pesar de los cambios físicos, reconoce a su amigo.

Sin embargo, cuando se aproximan hacia el espejo ubicado en el Norte, todo cambia. No tiene nada que ver con las anteriores imágenes. Ella sabe que es él, pero no le entusiasma su nueva apariencia: Se refleja el hombre de mediana edad que dormita en la cama. Más desmejorado, con múltiples magulladuras y alguna que otra mutilación en varias partes de su cuerpo. No le gusta su nuevo tamaño. —Demasiado larguirucho, jopetas. Prefería al duende... A mi Teo...— La zarigüeya la observa mientras Carmen permanece absorta en su propio análisis. —Ahora es un adulto común venido a menos. ¡Qué triste!—

—Y por último, aquí tienes, el espejo del Norte.—Indica la zarigüeya. —En este punto aprendemos cuándo hablar y cuándo debemos callar para escuchar. Aquí reside la sabiduría interior y nos enseña a diario, a sentirnos agradecidos por todo lo que tenemos. Por poco que parezca siempre es de agradecer.

—Pues debe tener la sabiduría atrofiada con semejantes heridas. Da pena. —Responde ella.

Carmen inspecciona cada uno de los reflejos con la meticulosidad que le caracteriza, lo hace tan cerca como le es posible y alcanza tal punto de abstracción que, cuando se quiere dar cuenta, está plantada al lado de la cama. Entonces, aprovecha para revisar el cuerpo postrado del hombre. Necesita comprobar que sigue con vida a pesar de su apariencia inerte. —Respira, menos mal.—Piensa aliviada.

Entretanto, el hombre continúa durmiendo profundamente, sin importarle ni percibir la presencia de nadie. Si no fuera por los ligeros movimientos que se aprecian en su pecho, podría darse por muerto.

La niña examina sus rasgos, cada vez más contrariada: es su amigo. —¡Qué pena! —Pensar en aquel ser diminuto que había llamado su atención en el museo y ver que ahora ha dado un estirón, es superior para ella. Y no se lo esperaba, la verdad. Conserva el aspecto de dibujo animado y no tiene cortes, ni magulladuras. Esto, al menos, le supone cierta alegría en comparación con el reflejo del Norte, donde da auténtica lástima. Es un respiro comprobar que ahora está bien, duerme plácidamente sobre la cama. —De todos modos, su cara me suena y no creo que sea por Teo, hay algo más...—

Sigue escudriñando su cara cambiada, su fornida silueta alargada y ese llamativo pelo color "fuego vivo", no puede evitarlo: Lo chequea como si fuera un desconocido para ella. Aunque todos son la misma persona. —No importan las apariencias, esta lección ha quedado clara, grabada a fuego.—Desde su llegada al interior del cuadro, todo ha sido aprendizaje, de una manera u otra, ha tenido mucho que observar y muchos conocimientos que asimilar.

—No le mires con esa cara, mujer. Sigue siendo el de siempre. Es tu amigo.—Le dice la zarigüeya.

—Me gustaba más cuando era un anciano chiquito, era más gracioso. Era tan tierno...

—Tú lo veías encogido, arrugado y muy viejo. Tal y como se sentía él, así lo captaste bajo tu prisma. Ahora estás ante su verdadera esencia, que sigue atrapada en este habitáculo de su mente, en las profundidades de su pensamiento..

—¿Estamos dentro de su cabeza? —Pregunta muy sorprendida ante las palabras de la zarigüeya.

—Podría decirse que sí pero es más complicado, en su cabeza, en la tuya... ¡¿Qué importa eso?!

—Pensé que sería más difícil encontrarlo. —Contesta con cierta displicencia.

—Ese no es el problema. ¿¡Qué te piensas?! Lo difícil es despertar su alma, he ahí lo complejo de la cuestión, Carmenchina. El cuerpo es lo de menos, no existe. Es otra ilusión...

—Aquí todo son ilusiones ¡Qué novedad!

En tres de las paredes del faro (la orientada hacia el Norte se mantiene igual), aparecen tres esferas de luz que van tomando forma humana sin llegar a encarnar sus cuerpos. Una es violeta, otra naranja y la tercera y más pequeña, se percibe dorada. Coincidiendo con la entrada de los orbes, desaparecen los cuatro reflejos del hombre que reposa en el centro de la estancia.

—Carmenchina, tenía ganas de conocerte. Soy Mina, la hermana de Vincent.—La luz violeta va tomando forma de mujer mientras la niña se aproxima hasta el espejo del Este. Instante en el que acaban de materializarse, en las otras dos paredes, los reflejos de Théo al Oeste y Daniel en el Sur.

Carmen corre hacia el que sabe que es su hermano, a pesar de no haberle visto antes con su cuerpo energético, siente en el fondo de su alma, que se trata de él, reconoce su energía.

—¡Dani! ¿Cómo has llegado hasta aquí?

—Ahora soy SúperDaniDaniel y el nombre me lo ha puesto Théo, que es su hermano. Ya sabes ¿No?—El niño señala al hombre que dormita sobre la cama.

—Así es como decía él que se llamaba... Curioso... —Carmen no aparta la vista de su amigo.—Era cierto que no recordaba su nombre..—Denota lástima en el tono.

—Mi pobre hermano, siempre me quiso tanto… Mi nombre es lo único que quiso recordar. —Théo asoma algo de disgusto por primera vez.

Mina toma las riendas de la situación y explica, que Vincent siempre sintió adoración por Théo. Lo que resulta normal, ya que fue la persona que más le ayudó y posiblemente, también haya sido su único amigo incondicional. Debió ser quien más le quiso a lo largo de toda su vida, eso seguro.

—Hasta que dejé de hacerlo—Irrumpe Théo bastante compungido.

—Bueno, eso ya lo tenemos superado ¿No crees?

Mina intenta disipar la pena que siente Théo. De algún modo, también es parte de ella ese dolor pero, como bien explica al grupo, es algo a lo que ya tuvieron que enfrentarse en su día cuando murió Vincent. Y posteriormente, cuando murieron ellos mismos y decidieron permanecer en la cuarta dimensión, donde coexisten los tres por separado.

Es cierto que cada uno pervive en su creación mental particular pero, ahora que han podido contactar, van a continuar por aquí hasta recuperar a su hermano. Deben ayudar a su alma para que vibre en el amor. El pobre, aún sigue apegado al "personaje" que fue. Permanece atrapado en el bajo astral, debido a la baja frecuencia en la que vibra su energía.

En su caso, sigue explicando Mina, también ellos se mantienen anclados a las respectivas personalidades que eligieron sus almas para encarnar. Aunque, a diferencia de Vincent, han podido superar la polaridad negativa que existe en la cuarta dimensión. Ya que, tal y como sucede en la tercera, en este plano dimensional, continúa la dualidad: el bien y el mal, lo negativo y lo positivo.

—En esta densidad, es necesario trabajar la fortaleza espiritual porque, al ser todo mental, se proyecta con facilidad cualquier pensamiento. Incluso aquellos que materializan horrores e infiernos impuestos por uno mismo. Aquí resulta fácil caer en el bucle de la desesperación y no encontrar más salida que permanecer en un bloqueo mental autoimpuesto, podría durar eones si no se toma consciencia de ello.—Continúa explicando Mina con todo lujo de detalles.

—Puede ser terrible si uno se deja llevar por la amargura y los sentimientos derrotistas... Si se vibra en el miedo, no se vibra en el amor. —Apostilla Théo.

Entre los dos, acaban explicando que, cuando se encuentren de nuevo con Vincent, ya recuperado, y hayan trascendido aquello que les ata a cada uno, es posible que puedan evolucionar hacia la siguiente etapa, dejando atrás la estupidez de sus egos y toda creencia limitante.

De este modo, cuando alcancen la Quinta Dimensión, podrán experimentar el amor en estado puro, la fusión con la luz divina, la auténtica plenitud del ser tan ansiada a lo largo de la existencia humana.

—Y para que eso ocurra, ha llegado el momento de aportar amor y no agonía.—Sigue explicando Mina.

—Por fin, ya está bien con la negrura del pasado. —La zarigüeya puntualiza con suma rapidez, para que Mina continúe su exposición de los hechos.

Es cierto que Vincent perdió el Norte poco antes de morir, se extravió de sí mismo por un delirio alienante. Lo confundió todo y murió envuelto en su propio caos. Y no se ha recuperado desde entonces. Continúa sumido en un galimatías que no logra comprender, se considera responsable de su muerte y de poner final a la que fue su misión de vida.

—No perdona su existencia, la maldice. Tampoco le importa el tiempo que ha pasado desde entonces y se juzga así mismo como su propio asesino. Suicida o no, qué más da si ha acabado con su vida. Así lo siente.—Mina acaba el soliloquio asomando cierta pesadumbre en el tono de su voz.

—Tienes razón, vamos a centrarnos en Vincent.—Théo cambia a un tono más optimista.

—No será tan difícil traerle de vuelta si nos mantenemos unidos.—Alega Mina.

—¿Qué se puede hacer para que despierte? —Pregunta Carmen.

—Escuchar a tu voz interior. Ella sabe mejor que nadie.—Van Gogh responde desde el espejo del Norte, contesta desde un autorretrato dibujado por él mismo que, en un momento y sin previo aviso, emergió en esa pared ante el asombro de todos.

Con esta reacción inesperada, se sienten esperanzados: Hay posibilidad de una mejoría. Quizá Vincent perciba todo lo que sucede a su alrededor y por eso interviene desde su pintura.

—¡Bien! ¿Se refiere a un acertijo? ¡Me encantan los acertijos!—Indica Daniel mientras la zarigüeya aplaude su comentario.

El espejo del Norte vuelve a quedarse vacío y en un santiamén, otro autorretrato del pintor aflora de la nada. En este caso, aparece con la oreja vendada y la mirada perdida en el horizonte de la pintura.

—Demasiada alegría en el ambiente. Por fácil que parezca, es complicado llegar a la solución con acierto.—Responde el autorretrato mirando a la zarigüeya.

—Pues no se hable más. Preguntad lo que queráis. Confío en Carmenchina. —Contesta el marsupial henchido de razón.

—¿Por qué te muestras así?—La niña se acerca hasta el autorretrato.—¿No ves que te haces daño? Eres una persona increíble, un artista único... —

Antes de que pueda terminar su argmento, desaparece el semblante mutilado de Van Gogh. Ella se mantiene expectante mientras se suceden en milésimas de segundo, una cadena de rostros a los que resulta imposible distinguir por separado. Una amalgama de caras que no dice nada.

Luego, el vacío otra vez.

El espejo permanece en total reposo durante unos segundos, tras un chispazo que llama la atención de todos, un nuevo retrato surge de la oscuridad.

Una mujer de apariencia mayor les observa en silencio desde la pared del Norte. Pese a la curiosidad que despierta en el grupo, permanece muda. Las canas prominentes enmarcan su afilado rostro, claro indicativo de su vejez, además de los surcos que ahondan su mirada. Esta mujer transmite una profunda tristeza. Tanta, como el propio Vincent.

—¿Y tú quién eres? ¿Harás tú las preguntas? —La zarigüeya está entusiasmada ante la situación, no le importa demasiado la pena que siente la mujer, en el hipotético caso de percibirla. En el fondo, es posible que no sea consciente de su tristeza. Sólo desea resolver un nuevo acertijo, nada más.

—Somos nadie… O no. Soy parte de ese mundo invisible que le llevó a aislarse en su propio olvido. Aciago... ¿Verdad? —Se aprecia el temblor de sus labios al hablar.—No creas que los muertos están muertos..

La pintura de la mujer se desvanece según acaba de hablar. Y el espejo permanece sumido en la nada más profunda y oscura.

Emerge, tras ella, el retrato del amigo Eugéne Bach, en su día realizado por el propio Vincent: El fondo estrellado está en completo movimiento rotatorio contrastando con su rostro parlante, que permanece fijo en el centro del lienzo.

—Mientras haya vivientes, los muertos vivirán. Los muertos vivirán…

—Pero esto, no es acertijo ni es nada. —Gruñe el marsupial.

Carmen repite cada una de las palabras mientras la zarigüeya se muestra nerviosa, sin dejar de moverse de un lado para otro, no acaba de entender qué clase de adivinanza es ésta. También Théo, Mina y Daniel están a la expectativa. —" Los muertos vivirán mientras haya vivientes." —Estas palabras retumban en la mente del colectivo, especialmente en la de Carmen.

—" Los muertos vivirán".—

Capítulo 21

En la memoria del lienzo

El espejo del Norte permanece inmóvil, sumido en el vacío absoluto, ni tiene capacidad para reflejar ni ha vuelto a mostrar lienzo alguno. Nada desde el anterior.

De hecho, el grupo sigue imbuido en las palabras de Eugéne Bach. Ha sido tan poco esclarecedor con su escasa argumentación, que no encuentran respuesta lógica que ayude a despejar incógnitas. Desde entonces, nadie ha aflorado en su lugar. Ni lienzo ni personas. Ningún otro mensaje ni conclusión. Todo sigue igual, sin indicios ni novedades, nada nuevo sobre lo que dilucidar.

Las tres paredes continúan ocupadas por Daniel, Théo y Mina, respectivamente. La zarigüeya husmea frente a ellos en el centro del habitáculo, dando vueltas azogada alrededor de la cama, donde permanece el cuerpo postrado de Vincent. De momento, no se puede hacer nada para que mejore, pues el saco de ideas se mantiene vacío.

Carmen persiste en el rastreo de las últimas palabras emitidas por Eugéne Bach: —"Los muertos vivirán mientras haya vivientes".—

—¡Todos nosotros estamos vivos! Somos seres vivientes, así que, viviremos. ¡Y ellos vivirán mientras sigamos vivos! —Razona la niña.

—¡Evidente! Nuestro hermano sigue vivo, por mucho que se empeñe en..

—¡Mirad! ¡A Vincent le está pasando algo! —Daniel interrumpe a Mina mientras señala con el dedo hacia la cama.

Se materializan unos grilletes alrededor de muñecas y tobillos del pintor, lo mantienen preso a la cama emulando un potro de tortura. No resulta agradable verle ahí, postrado, atado de pies y manos. Genera una sensación un tanto extraña. Hasta el momento, las cadenas eran invisibles al ojo humano, aunque lo tenían sujeto manteniendo la posición inmóvil de su cuerpo, no se percibían. Ahora sólo falta un verdugo para coronar la escena y en todo caso, averiguar si algo más custodia su sueño profundo.

Carmen se le acerca y contempla su rostro, duerme placenteramente. No hay signos de sufrimiento en el gesto que mantiene desde hace rato, desde luego, no tiene pinta de estar agonizando. —Andará perdido en algún sueño del que no quiere despertar.—Sigue buscando explicaciones mientras abre los grilletes con la llave maestra y la sonrisa de satisfacción inunda su cara al recordar: —Lo abre todo. Sinforosa sí es la hechicera que pensaba y me ha hecho el mejor regalo del mundo.—

Las ataduras vuelven a desaparecer en cuanto se abre cada grillete. Pero su cuerpo no reacciona. Continúa postrado en la misma posición y sus ojos permanecen cerrados, aunque puede percibirse movimiento bajo los párpados. —Está soñando, no hay duda.—

—Se necesita algo más para que su alma despierte. —Argumenta Théo.

Carmen y Daniel se concentran en busca de alguna pista o algo que pueda ayudarles. En ese instante, empieza a resplandecer, cual areola, una luz roja alrededor del cuerpo de Vincent. Bueno, no en todo su cuerpo, hay una parte sin luminiscencia a la altura de su oreja. Y todos perciben con claridad, dicha ausencia de luz.

La pared del Norte vuelve a ponerse en movimiento y un amasijo de rostros irreconocibles, va llenando el vacío sucesivamente, uno tras otro sin parar. Pasan a velocidad de vértigo. Imposible distinguir nada.

De pronto, se detiene entre dos pinturas al óleo y al segundo, retoma el movimiento. Esta vez, a un ritmo suficiente como para reconocer lienzos pintados por Vincent en los que posan otros artistas, amantes o amigos, como por ejemplo: Paul Gauguin, Margot Begemann (esa mujer con la que podría haber sido tan feliz y las circunstancias impidieron.)

También se ve de pasada a Toulouse—Lautrêc, a Pissarro, Degas. ..

Hasta que, poco a poco, va recuperando rapidez y vuelve la sucesión de retratos, tan vertiginosamente, que sólo se percibe un mazacote de colores y caras.

Y de nuevo, el espejo en blanco durante segundos que se hacen eternos. Tal es la expectación que causa el fenómeno que el grupo no pierde de vista el vacío cambiante, en cualquier momento puede aflorar un mensaje nuevo y, ya sea sustancioso o enigmático, tendrán que averiguar la parte del puzzle en la que encaja.

Otra pintura emerge del vacío para extenderse en el muro del Norte: Se trata de una en la que sale Clasina María Hoornik, más conocida (por alguno de los lienzos en los que posó), como la "Gran Dama" o "Sorrow". Su figura se mantiene en silencio, prácticamente inmovilizada. No aparta la vista de Vincent, incluso da la sensación que ni pestañea.

Y otra vez, vuelve a suceder: el cuadro se esfuma al igual que los anteriores, permitiendo que el vacío se instale en el metal pulido de la pared.

El deseo del grupo de que surjan más lienzos, se respira en un ambiente intoxicado por una curiosidad cada vez más morbosa. —¿Quién será el siguiente? ¿Qué personas ocultan secretos que buscan salir a la luz? ¿Sus testimonios ayudarán a despertar su alma?—Los pensamientos de cada uno se entrelazan. Sus mentes se expanden a favor de rastrear alguna respuesta que pueda satisfacer la incertidumbre general. De algún modo, se interconectan telepáticamente, lo que piensa uno lo piensan todos.

Y al instante siguiente, se aprecia otra tanda de rostros conocidos, como son: Claude Monet, Renoir, Sisley, Guillaumin, Seurat, Emile Bernard, su prima Kee y Albert Aurier.

Tras este último, se detiene de súbito. El espacio vacuo recupera la atención de la cuadrilla. Pero, al momento, vuelve a generarse el flujo de pinturas hasta que frena el ritmo y, muy poco a poco, va asomando el retrato de un tal Eugéne Tardieu, crítico de arte y contemporáneo a Vincent, cuyo renombre podría denominarse escaso.

—El gran e incomprendido Vincent Van Gogh. Tenía una imaginación poderosa, todos los dones de un pintor y muy poco sentido común. No ha cambiado demasiado, por lo que se ve.—Emite con tono circunspecto mientras espulga a quienes le vigilan.

—Señor Tardieu, siempre es bienvenido si hay voluntad de ayudar.—Saluda Mina con mucha educación.

Eugene Tardieu desaparece y en milésimas de segundo, vuelven a pasar decenas de caras que sobrevienen una tras otra sin parar, hasta que se detiene en seco cuando surge la de Frederick Willem Van Eeden, otro crítico de la época. Ahora es Théo quien se dirige a él.

—Siempre me quedé con las ganas de agradecerle en persona, la buena crítica que hizo sobre el dominio del color que posee mi hermano. Sus palabras fueron un regalo para mis oídos en aquellos días de aflicción.

—Usted tampoco duró demasiado desde entonces, fue una tragedia el desenlace. Primero su hermano y al poco tiempo... Ya sabe.. —Indica Frederick Willem Van Eeden mirando para Théo.

—¿¡Qué pasó?! —Carmen siente mucha curiosidad.

Imagina que hablan sobre la muerte de Théo, pero suena todo tan misterioso, que no acierta a comprender. Por mucho que se esfuerce. En esta historia hay detalles desconocidos para ella, faltan datos. —¡Qué rompecabezas!—Piensa.

—No soporté el dolor que me causó el suicidio de mi hermano. En cierto modo, fui culpable.—Explica Théo con evidente dolor, ha captado la necesidad que tiene la niña de entender la situación.

—¡No es así! Fueron aquellos chicos pelirrojos los que dispararon ¿No lo recuerdas? Díselo, Mina.—Daniel sabe lo que vio cuando le mostraron la vida del pintor y por la misma razón, le repatea esta versión de los hechos.

—Pasó tiempo hasta que se supo, SúperDaniDaniel y, para entonces, ya me había muerto... Fue desolador.— Théo y Mina permanecen abstraídos en el recuerdo.

Y Daniel aprovecha el silencio para contarle a Carmen cómo dispararon a Vincent.

Detalla el terrible accidente que protagonizaron los dos adolescentes, ambos, lo bastante estúpidos como para ser incapaces de reconocer el error fatal y ponerle remedio. Aunque, por otra parte, la estupidez suele ser un signo típico de la edad. Tras meter la pata, los muy cobardes huyeron como alma que se lleva el diablo, sin importar que Vincent quedara tirado en el suelo mientras se desangraba. Tiempo después, lo encontraron unos campesinos casi muerto. De tal manera que, con el paso de los años y bajo la distorsión del boca a boca, se acabó recreando una leyenda en torno a su muerte. Pero nadie sabía exactamente lo que había sucedido.

Una mayoría popular apostaba por el fallecimiento voluntario del artista. Frente a los que, cada vez más escasos, defendían la causa real de su herida de muerte.

Sin embargo, el pintor no delató a los chicos en ningún momento, tampoco se preocupó demasiado por esclarecer dicho episodio. Simplemente, dejó que las aguas siguieran su curso natural, dando rienda suelta a que cada uno pensara lo que quisiera. Libertad total para desarrollar hipótesis. Ni eran temas de su incumbencia, ni le quedaban fuerzas para defender su honor. Si es que le importaba algo en este punto de su existencia.

El hecho, es que nunca se llegó a ennoblecer el fallecimiento de Vincent...

El mundo exterior prefirió tomar como versión oficial la del suicidio, muchos, alegando ”un caso de manual”. Y tenía cierta lógica pensarlo, porque en aquella época, sus arranques de locura eran cada vez más frecuentes.

Mina observa a Théo con preocupación, parece que se hubiera dejado influenciar por la amargura y la desesperanza de Vincent. El caso es que han venido para ayudar a su hermano y no para caer en su tormento. —No es el plan ideado para salvarle. Así no. —Repite Mina en su cabeza. El grupo parece sumido en la confusión, cada uno divaga entre sus propios razonamientos sin llegar a conclusiones concretas. El caos individual parece absorber la claridad mental que los mantenía unidos hasta el momento.

Sin que se percaten de ello, las caras vuelven a sucederse en el muro del Norte hasta que les sorprende Gauguin mostrando un poco de alegría.

—Reunión de viejas glorias ¿Eh? Se percibe distracción en el ambiente.

—¡Mi querido Paul! ¡Cuánto tiempo desde entonces! —La voz de Théo denota melancolía a la vez que entusiasmo.

—Esta vez no habrá peleas, Théo. Necesitamos el perdón. Todos lo necesitamos…

—Es él quien debe darse cuenta, por algo estamos aquí.—Responde Mina.

Gauguin explica a los niños la absurda y violenta pelea que, en otro tiempo, llevó a los dos amigos a poner fin a su amistad. Y no es que dejaran de ser amigos, en realidad, sino que, desde aquel fatídico desencuentro, no volvieron a verse nunca más. Algo nada agradable de recordar pero muy necesario, dada la situación.

Aunque no siente la terrible culpa que le asoló en vida, quiere contribuir en la recuperación de su gran amigo. Vincent no sólo perdió la oreja durante aquella discusión demencial. Sino que, además, le terminaron ingresando en un centro de salud mental, voluntariamente, eso sí.

Poco después, murió.

—No tuvimos tiempo para despedidas y mucho menos, para perdonarnos. Fue todo tan rápido… Y siempre nos respetamos pero, esa vez, perdimos la cabeza, los dos…

Théo no puede disimular el disgusto que le provoca escuchar el relato de su amigo Paul. Por su parte, destaca que, pese a todo, su hermano nunca acusó a nadie. Prefirió asumir la culpa bajo la máscara de la locura. Acto que denota gran valentía y es digno de admirar. Y reitera, Vincent ha sido y es tan importante para ellos, que van a continuar en esta dimensión el tiempo que haga falta, esperando por él hasta que se libere de la paranoia que le mantiene preso en su propio hoyo. Inconscientemente, ha recreado su peor condena: la soledad.

Su tan querido Vincent, dormita atrapado ante ellos. Recluso de sí mismo, por supuesto. Prisionero de sus propios prejuicios, no hay duda. Pero Théo pone de manifiesto que a pesar de las calamidades que vivió y se auto—provocó constantemente, ya que a lo largo de su vida fue su peor enemigo, Vincent no ha dejado de ser su guía e inspirador. Y nunca dejará de serlo.

—Pues claro, ninguno lo duda.—Dice la zarigüeya. —Sólo que, si tarda mucho más en despertar, moriremos todos de sed. ¡Debe ser tarde ya!—Mira hacia el grupo con gesto de cansancio y fastidio.

El retrato de Gauguin desaparece y al instante, le sustituye una pintura en la que se aprecia la imagen de la terraza solitaria de un café nocturno.

De la puerta del local, sale una joven rubia sosteniendo una caja entre sus manos. Se aproxima tímidamente hasta el primer término del lienzo. Podríamos decir que, en este momento, la pintura se ha convertido en un retrato de la mujer con la terraza de fondo. Tiene un agradable rostro redondeado y sus expresivos ojos azules enmarcan sus facciones con gracia y suavidad.

—Me gustan tus orejas ¿Recuerdas,"Fou—rou"? —Dice la chica del cuadro mirando hacia Vincent. No aparta la vista de la cama.

—Rachel, eres tú... No esperaba verte..—Théo la sorprende al recordar su nombre.

La gente acostumbraba a llamar a Vincent "el loco de pelo rojo" y así es como le llama precisamente Rachel: "Fou—rou". Ella insiste en que son muchos los que quieren al pelirrojo y todos, absolutamente todos, querrían estar ahí con él. Necesitan demostrar que sigue vivo para ellos.

De hecho, para Rachel ha sido una hazaña colarse entre tanta gente famosa. Y no le ha resultado nada fácil, a ella, que siempre la consideraron una "don nadie", una mísera mujer de "vida alegre", moradora de burdeles y tabernas. Una mujer de baja estofa, escoria de la sociedad. ¡¡Quién la querría cerca?! Nadie, de no ser el propio Vincent, él nunca la juzgó por su profesión, sino por la grandeza de su corazón y siempre la trató con mucho cariño. Ahora le toca a ella devolverle la jugada, ha llegado su momento de manifestar la infinita gratitud que siente por todo el amor y el apoyo incondicional recibido. Vincent fue y sigue siendo alguien fundamental en su vida y es necesario que sepa de una vez, cuán importante es. No sólo como artista, sino como persona.

—Todos quieren estar aquí y pedirte perdón, "Fou—Rou"—Rachel habla con un tono esperanzador, sin apartar la vista de Vincent.

—Ni te lo imaginas, hoy en día te admira todo el mundo y es verídico.—Le dice Carmen llena de orgullo mientras se dirige hacia la cama.

Se acerca un poco más al "yacente" y lo observa en silencio. Espera algún tipo de reacción por su parte, pero no sucede nada. Todos se mantienen callados, a la espera de que pase cualquier cosa durante un tiempo que se hace eterno.

De repente, sobre los ojos del pintor afloran dos girasoles pequeños, comienzan a dar vueltas a velocidades ultrasónicas mientras emiten destellos de luz envolvente. Conforme aumenta la velocidad, provocan movimientos convulsos por todo su cuerpo. La agitación que padece el artista es proporcional a la intensidad de la luz, cuanto más roja es la areola que lo rodea, más fuertes son las sacudidas que lo retuercen.

Carmen y la zarigüeya intentan socorrerlo pero reciben tal chispazo en cuanto lo rozan, que caen al suelo de manera fulminante.

Daniel no puede disimular la risa ante los pelos de punta que exhiben su hermana y el marsupial tras el impacto eléctrico, parecen dos adefesios espeluzados, sobre todo, la zarigüeya. Ese calambre descomunal fue instantáneo y potente, en un visto y no visto que nadie pudo preveer. Mina le reprende por lo dramático de la situación aludiendo a la empatía. Por el contrario, Théo vuelve a sentir cierta esperanza y convence al niño para que ría a gusto.

—A Vincent le hubiera hecho gracia este momento. Riamos como él haría y disfrutemos con las risas de la inocencia pueril.

Todos se impresionan, cuando, sin esperarlo y de un momento a otro, brotan decenas de flores de la nada. Empiezan rodeando el cuerpo del pintor pero en cuestión de segundos, cubren la cama por completo. Hay dalias, crisantemos y muchos girasoles. Y todas ellas son amarillas.

—Abrid esta caja, contiene algo valioso para él.—Rachel estira los brazos hasta el borde del espejo para entregarle el cofre a Carmen que, la pobre, todavía mantiene el estilo afro aunque su pelo ya no eche humo.

Intenta abrir la caja mientras va de camino hacia el lecho de flores pero comprueba que está cerrada con llave. Una vez más, en la cara de la niña se dibuja una sonrisa que dedica a Sinforosa. No se cansará de agradecer al universo lo maravilloso que ha sido conocer a la araña. —Quién me lo iba a decir.—Carmen se sienta a los pies de Vincent mientras busca una cerradura con total tranquilidad.—Lo abre todo ¡TODO!—Repite feliz en su cabeza.

La pared en la que se van alternando imágenes vuelve a ponerse en movimiento y de nuevo, a tal velocidad, que no se distinguen rostros definidos, sino otro conglomerado de retratos y paisajes de los que no se consigue extraer información alguna.

Por unos segundos, se detiene el reflejo en la pintura de Emile Bernard, pero cambia rápido para dar paso a otro de los grandes amigos de Vincent, Albert Aurier y al instante siguiente, se desvanece entre una lista cambiante de incontables personas, todas ellas, interesadas en demostrar su cariño y admiración hacia el pintor.

Entre la maraña de personalidades, toma protagonismo la pintura de una mujer vestida de blanco, pasea con elegancia por la alameda del lienzo, en silencio. En un arrojo de valentía, saluda con la mano mientras contempla la escena a lo lejos, semioculta entre los troncos de los álamos sin hacer el menor ruido.

Entretanto, en una esquina de la sala, que hasta ahora lucía desnuda, surgen por arte de magia, los útiles que Vincent usaba para pintar: El atril, la silla plegable y los pinceles. Y al otro lado de la cama, aparece la silla cuyo asiento de paja había pintado en muchas de sus obras. Sobre ella, su sombrero.

El grupo se entusiasma con tales hechos, ya que puede significar que Vincent esté luchando por despertar. Carmen descubre la cerradura camuflada entre los detalles decorativos de la caja, por fin consigue abrirla. Y una luz roja muy intensa sale de su interior.

—¿¡Qué hay dentro?! —Pregunta Daniel invadido por la curiosidad.

—Parece su oreja… Pero no es de carne. ¡Es luz! —Responde la niña sorprendida.

Mina les cuenta que, tras la pelea con Gauguin, en la que Vincent había perdido su oreja frente al burdel, su hermano había envuelto dicha oreja y se la había entregado a la propia Rachel. Resulta curioso, cuanto menos, pensar que vuelve a su dueño original después de tanto tiempo. Aunque sea de un modo simbólico.

Carmen se deja llevar por la intuición y vuelca el interior de la caja sobre el pecho del pintor, la luz se transforma en un líquido luminoso que se funde a la altura de su abdomen, provocando un haz de luz cegador que se extiende por todo su cuerpo. Su aura vuelve a estar completa y sin fisuras. Y todo va tomando forma, el alma del artista parece restaurarse mientras los girasoles, que hasta ahora daban vueltas sobre sus ojos, dejan de girar y caen.

Vincent Van Gogh se despierta repentinamente y emite una frase con voz de ultratumba, sin llegar a incorporarse aun, pero con los ojos abiertos como platos.

—Al final, la tristeza no dura para siempre y menos mal.

Los tres muros en los que están contenidos Théo, Mina y Daniel, se abren de manera simultánea, permitiendo el reencuentro tan ansiado entre hermanos.

A la par que germina alegría en el alma de Vincent, se extiende la silueta de un almendro en flor por los tres espejos vacíos de la estancia. De Este a Oeste, pasando por el muro del Sur. A modo de boceto, el almendro se va expandiendo hasta ocupar toda la sala, a excepción de la pared del Norte, en cuyo reflejo permanece la mujer vestida de blanco, que sigue paseando por la alameda mientras les observa callada.

Se esconde tras un árbol al sentirse el foco de atracción, pero, aún así, persiste en la vigilancia silenciosa. Y no lo puede evitar, ella también repasa a quienes, a su vez, la examinan con tanta curiosidad.

Todos quieren saber, el cruce de intrigas está servido y la ficha sobre el tablero de juego, espera paciente el turno de Vincent.

Capítulo 22

Almendro en flor

Tras incontables aventuras, tristezas y soledades, por fin se ha producido el reencuentro entre hermanos. Vincent vuelve a estar con su querido Théo, se abrazan con todo el amor del mundo mientras lloran de alegría. Y si antes se adoraban, ahora la conexión es superior. No hay nada que tengan que decirse porque el uno sabe de sobra cómo se encuentra el otro. Perciben sin excepción, todo lo que piensan y sienten. Lo comprenden absolutamente todo de cada uno, ya no hay sombras ni secretos entre ellos.

Mina también se siente afortunada al ver a sus dos hermanos repuestos de la amargura, cicatrizando sus heridas del pasado, sanando el alma.

El amor de hermanos es tan intenso, tan reparador y genuino cuando se tiene. —Tan necesario en cualquiera de las vidas, vividas o imaginadas.—Reconoce Mina para sí misma, dejándose llevar por ese amor incondicional que siente su alma henchida. —Objetivo cumplido. —

En la otra esquina de la estancia, permanecen expectantes Carmen y Daniel, tras ellos, continúa la pintura de la mujer vestida de blanco, que aun permanece vigilante desde la alameda.

De manera inmediata, capta el interés de Vincent y en cuanto la descubre al fondo, va directo hacia ella. Mantiene su mirada clavada en la mujer durante el recorrido, no la aparta ni un segundo. Ni cuando se postra a los pies de la pintura cual siervo con su amo.

—Margot… Amar es fácil, lo difícil es ser amado por quien uno ama ¿Recuerdas?

La mujer también se desplaza por el lienzo hasta llegar al borde del espejo. Vincent está radiante frente a ella. Más feliz de lo que recordaba haber sido en su corta existencia.

—Cómo olvidarlo… —Ella le sonríe apocada. —Sólo deseo estar junto a ti, respondía yo...

—Quizá la muerte no sea lo más difícil que existe en la vida de un pintor.

—No sientas culpa Vincent. Recibí tu cuadro y me sentí muy amada. Siempre.

—Tomé la muerte para viajar a una estrella y en todo momento, pensé en ti.

Tras un rato de conversación, Margot se despide de Vincent con un "á bientôt, mon amour". Ambos saben que volverán a encontrarse en otro tiempo, tal vez en otra vida, pero no dudan que sus caminos volverán a cruzarse en algún otro punto de su existencia.

Al desaparecer este lienzo, el espejo se queda un instante en negro para luego recuperar su capacidad habitual de reflejar.

No vuelven a aparecer más retratos.

A pesar de haber dormido durante la letanía de rostros, Vincent ha sentido en lo profundo de su ser a cada una de las personas que se acercaron a visitarlo. Incluso aquellos que fueron tan rápidos, que ni se les llegó a distinguir entre el amasijo de caras.

Su alma los ha recibido a todos con amor lo cual, ha curado viejas heridas que la mantenían bloqueada.

Vincent se siente tan agradecido y pletórico que no encuentra la manera de compensarlo, nada le resulta comparable al amor recibido.

Y es tan intenso lo que siente, una profundidad insondable difícil de explicar, sin límites, inherente a la propia existencia. Percibe con tanta claridad cómo se expande su capacidad de amar que le supera la emoción. Algo nuevo para él, lo que supone un desafío tan agradable de experimentar que se siente bendecido. Y extraordinariamente feliz.

—¿Sabéis? Lo que hace desaparecer la prisión es el afecto profundo y serio. Ser amigo, ser hermano... Amar. Eso abre la prisión con su poder soberano, con su hechizo poderoso. Quien no lo tiene, está muerto. Pero, ahí donde nace el amor, renace la vida.

—Y sin vuestra ayuda hubiera sido imposible.—Añade Mina mirando a los niños con ternura.

En realidad, la magia se hizo posible y pudo darse el viaje entre densidades, gracias a la mirada inocente de los niños. Por su admiración auténtica y profunda. Pero habría que añadir, como detonante, las aptitudes sensitivas que aun mantienen puras frente a este sistema putrefacto y alienante.

Los niños son los responsables de que se abriera el portal interdimensional, sin ellos, nada hubiera sido igual.

Nadie había llegado tan lejos, a pesar de los intentos que el loco de pelo rojo había hecho por llamar la atención de visitantes y trabajadores de museos. Una retahíla infinita de personas había visto sus cuadros e inútilmente, Vincent había intentado llamar a muchas de ellas. Pero fue Carmen quien escuchó su petición de auxilio, lo cual, hará que sus almas se mantengan abrazadas, a pesar del tiempo y las distancias físicas.

—Siempre he pensado que, cuando estamos con vida no podemos dirigirnos a una estrella, del mismo modo que tampoco podemos tomar el tren cuando estamos muertos. Vosotros, en cambio, podéis hacer las dos cosas. Sois realmente afortunados. —Explica Vincent y los niños asienten satisfechos, pues no se habían dado cuenta del detalle.

Théo y Mina advierten que deben irse. No quieren desilusionar a Daniel, pero le recuerdan que han llegado a través de la luz y no de la pintura, como su hermana. Por lo tanto, precisan otra forma y otros tiempos para regresar. Además, a Vincent aún le queda un periodo de adaptación hasta que pueda transitar en la misma frecuencia vibracional que ellos. Aunque no demasiado, dada su evolución cuasi milagrosa.

Vincent observa callado, sabe que el niño quiere experimentar lo mismo que su hermana. Detecta un atisbo de tristeza en su aura dorada y no se lo puede permitir. Nada de aflicciones a su lado, sobre todo, si son evitables. Están viviendo un momento de alegrías y reencuentros y así debe recordarse, sin nada que empañe la felicidad del grupo.

—SúperDaniDaniel ¿Prefieres volver con Carmenchina y convertirte en un niño de pintura durante un rato? —Asiente feliz.

Y a Carmen le encanta la idea de volver juntos a casa. —Seremos dos a repartir la bronca, pobrecito. —Pensando en el enfado de sus padres al llegar tan tarde.

Los hermanos de Vincent se despiden de los niños prometiendo dar señales de vida, tan pronto puedan. Se dan un abrazo cuántico y sus luces se mezclan e intensifican durante ese instante mágico. El niño siente una voz interior: "Todos somos uno SúperDaniDaniel". Y en ese momento, vuelve a sentir que todos estamos unidos e intercomunicados por una energía llena de amor: la chispa de luz divina que llevamos dentro.

Mina y Théo, salen volando en forma de orbe, desaparecen tras el efecto de un fogonazo tan blanco como cegador, la suma de todas las luces.

Y Daniel se siente mayor de lo que era antes de llegar a este mundo, advierte que ha madurado. Algo muy importante ha crecido dentro de él, se ha transformado en una versión mejorada de sí mismo y ha evolucionado, gracias a todos ellos y a esta experiencia tan increíble que está viviendo.

Entretanto, se genera un remolino de mil colores que gira alrededor del niño. No se percibe más que un chorro de pintura, formado por cientos de miles de colores que rotan a velocidad de vértigo. Tras su paso, no hay rastro de Daniel por ninguna parte.

—¿¡Estará bien?!—A Carmen le inquieta pensar que pudiera pasarle algo malo.

—Por supuesto, se está adaptando al medio, eso es todo. —Le indica Vincent para tranquilizarla.

El torbellino de colores se desintegra dando paso a la nueva figura de Daniel, también es de pintura, al igual que ellos. Sus ojos castaños hacen juego con las tonalidades marrones de su pelo. —¡Vuelvo a estar vestido! —Analiza con cierto asombro su nuevo cuerpo. Ya no recordaba lo que era llevar zapatos en los pies y eso es lo de menos, teniendo en cuenta que ni siquiera recordaba el hecho en sí mismo, de tener pies. Daniel había olvidado cualquier banalidad de esas de "vital importancia", propias de su "otra vida".

—Puedo ver perfectamente sin gafas ¡Me encanta este lugar! —Se abalanza hacia su hermana y la abraza con todas sus fuerzas. —Piérdete las veces que quieras que yo siempre iré a buscarte... —Carmen sonríe ante el comentario, le encantan estas salidas de su hermano.

Vincent acoge a los dos niños entre sus brazos, provocando un abrazo de tres muy placentero para todos.

—¡Abrazo trisquel! —Exclama Carmen emocionada.

—¿Tu prisión era el cuadro? —Pregunta Daniel.

—No pequeño, mi prisión se llama prejuicio, malentendido, desconocimiento funesto, desconfianza, falsa vergüenza… ¡Pero la noche estrellada, es ahora mi cielo!

—¿Y cómo aprendiste a pintar tan bien?—Pregunta de nuevo.

—Sólo hay que encontrar bellas, tantas cosas, como sea posible. Aunque, a veces, sea una lucha dura y penosa.. Pero salgamos al exterior, tengo muchas ganas de volver a ver mis estrellas queridas...

—Una tormenta increíble, las cubrió por completo. —Puntualiza Carmen algo apenada.

—La tormenta era mi corazón pero, ahora, habéis traído a mí la esperanza, lo infinito y lo milagroso. Estaré eternamente agradecido por la hazaña de rescatarme de mí mismo..

Coge a cada niño de la mano mientras la zarigüeya sube de un salto a su hombro. Evidenciando gran deleite en sus gestos, salen de la estancia como si se conocieran de toda una vida, se respira un profundo entendimiento entre ellos.

El interior del faro permanece en total silencio, con la hermosa estampa del almendro florecido extendiéndose por toda la estancia, haciéndose más y más grande hasta llenar la pared del Norte.

Hasta ocuparlo todo.

Este lugar se ha convertido en su famoso cuadro del "Almendro en flor", con el fondo turquesa. Ya no hay atisbo de metal salvo en la cúpula, que ilumina el lienzo desde lo alto. Tampoco queda rastro de espejos ni reflejos, sólo el almendro y sus flores rosadas.

La belleza que emana el colorido árbol es lo único que permanece en este enclave turquesa. Símbolo del alma floreciente de Vincent.

Emprenden el camino de vuelta al exterior sin la agonía de atravesar el pasadizo interminable. En un abrir y cerrar de ojos, literal, salen a la superficie y aparecen justo delante del pueblo. Bajo el precioso cielo estrellado en el que, como siempre, todo es movimiento, luz y color.

—Amigos míos, al mirar a las estrellas, siempre caigo en una ensoñación. ¿Os lo había dicho antes?

Capítulo 23

Bajo el manto de estrellas

Vincent contempla extasiado el cielo nocturno, luce totalmente despejado de nubes y de cualquier luz artificial que pudiera eclipsar la hermosura estelar. Vislumbra maravillado la infinidad de estrellas que lo bañan de luz. Entre todas ellas, recrean un mapa lleno de movimiento con un ritmo circular y chispeante.

—¡Mirad cómo centellean las estrellas en la profundidad azul! Verdosas, amarillas, blancas. Hay estrellas más blancas que en vuestro propio mundo... Más luminosas, más parecidas a diamantes, a esmeraldas..

Vincent les habla de la belleza que encierra la pintura. No son sólo los colores o las luces penetrantes, también el ardor de las estrellas es lo que hace tan atrayente su destello. El calor y la energía iridiscente... Eso es. No se trata de que las cosas sean o no, sino de su futuro y de su crecimiento, de su movimiento, de su ser arrollador, de encontrar su eterno infinito, tal y como él lo ha sentido y captado en su momento.

—¿Y es todo esto imaginación? ¿Fantasía? No lo creo. Y si lo es, no me importa. Algo me dice que durará mucho. Será para siempre... Eterno.—Puntualiza el pintor señalando todo lo que le rodea.

—Y ahora, vayamos a la fiesta del Sr. Lechuga, nos están esperando para comer una tarta de cumpleaños. De ahí mi rigurosa etiqueta, ahora lo recuerdo.—La zarigüeya se limpia un "manchurrón" de la pajarita y se enciende un puro, todo ello sin moverse del hombro de Vincent, que avanza por el camino seguido de cerca por los niños.

—¿Eres su mascota? —Pregunta Daniel.

—Qué chistoso.—La zarigüeya, algo humillada, le echa una gran bocanada de humo a la cara, provocando un arranque de tos en el niño.

En la entrada al huerto, Doña Cancela les agradece que hayan devuelto la esperanza, tanto a la tierra que protege como a sus moradores. Su esencia protectora, resistente al invasor, le otorga esa tenacidad de permanecer cerrada a quien no sea merecedor de entrar.

Sin embargo, su espíritu resilente guarda con celo un deseo profundo de confiar. Aún a riesgo de toparse con personas sin escrúpulos, cuyas artimañas acostumbran a enturbiar cuando no hay necesidad de ello.

Pero a partir de ahora, Doña Cancela confiará en la buena voluntad de los que quieran pasar. Si llegan hasta sus dominios capaces de cruzar los límites del espacio—tiempo, si atraviesan fronteras estelares que los mapas ni reflejan, no será su prejuicio el que les impida la entrada. En ese caso, no.

Por lo tanto, reafirma su promesa de permanecer entreabierta para los que lleguen a la linde de su Huerto Encantador. Nunca podrá olvidar esta hazaña, tampoco lo pretende. Entre los dos niños han conseguido que la magia perdure. Y con ella, sus vidas y toda su existencia.

—Demasiado tiempo sumida en la preocupación. —Apostilla con un movimiento de moño.

Doña Cancela subraya que cualquiera podría haberles salvado, pero lo cierto, es que nadie se había percatado de la necesidad de Vincent, sólo ellos fueron capaces de percibirlo y viajar. Tanto Carmen como Daniel pudieron contactar en su visita al museo y luego, consiguieron comunicarse entre ellos para resolver el problema existente. —Un acto digno de premiar.—Se siente tan satisfecha que, como muestra de su gratitud, coge una horquilla de su perfecto moño y se la entrega a la niña. Tiene forma de campanilla y tintinea antes de posarse en su mano.

—¡Qué sonido tan agradable, gracias Doña Cancela, es preciosa! —Su voz denota emoción.

—Gracias a ti, Carmenchina. Sólo tienes que tocar la campanilla y la puerta a este mundo se abrirá siempre que quieras, pero no la toques por tocar o de nada servirá su poder. También es para ti, SúperDaniDaniel. Es un obsequio para los dos. —Doña Cancela se abre con un suave movimiento de moño y los cuatro amigos se introducen en la gigantesca huerta.

La zarigüeya, muy solemne, corre presurosa a por algo de bebida. Vincent se pierde entre la multitud mientras Carmen se entretiene con unos y con otros, al igual que Daniel, que a pesar de no haber estado nunca en una fiesta de cumpleaños tan concurrida, se siente como pez en el agua, bromeando con cuanto personaje extraño se le cruza a su paso.

Al ser la primera toma de contacto con este mundo de fantasía, tan impresionante, llega un momento que no sabe hacia dónde mirar. Para su desconcierto, el huerto está abarrotado de esos seres mágicos, por los que suele discutir con su hermana en pro de su "no existencia", alegando a su favor, que son meras invenciones del hombre. —No me digas... ¡¿Existen los unicornios?! Lo que me faltaba ya, pues al final tenía razón. ¡Qué rabia!—

Bajo las ramas de un sauce llorón totalmente iluminado, un grupo de unicornios tararea unas melodías tan seductoras como narcotizantes, su efecto llega hasta la zona en la que Daniel los observa, por eso se le empieza a abrir la boca y los ojos le lloran de un sueño más que demoledor. El efecto es potente.

Reexamina a estos seres místicos y su sorpresa llega al punto álgido, cuando descubre que las lucecillas del árbol son miles de larvas de luciérnaga dormitando a lo largo de sus ramas. Y los unicornios son los protectores de sus sueños de luz, cuando las mamás no velan por ellos. Esta noche, todas las candelillas lucen desplegadas por el huerto y no pueden cuidar de sus retoños como acostumbran. De este modo, toma sentido el efecto de las nanas, demasiados bebés para tan pocos cuidadores. —Es un asco cuidar bebés y huelen fatal. No me extraña que los duerman.—Piensa Daniel.

Y no sólo las canciones tienen ese influjo sedante, los unicornios emiten ondas sanadoras muy relajantes cuando sus cuernos se iluminan, como sucede en este momento. Todos los gusanos duermen plácidamente mientras el sauce mece sus ramas con ternura. Daniel se fija en el tronco y descubre, casi conmocionado, que se trata de una mujer árbol cuyo dulce rostro inspira mimo maternal, dan ganas de acurrucarse junto a ella y dormir como un angelito —Esto ya es demasiado para creer.—Está alucinando como nunca hubiera pensado y en este lugar, lo de "ver para creer" se queda corto.

En otra zona del huerto, Carmen sigue disfrutando de los reencuentros con muchos de los seres que ha conocido lo largo de su aventura. Y todos ellos, le rinden sus agradecimientos. Hasta el pájaro de mil colores le guiña un ojo cada vez que pasa sobre ella, ya que sigue revoloteando alrededor del hombre de merengue para robarle la nariz o cualquier otra parte dulce de su cara. Quiere comer algo a toda costa, necesita azúcar. Y esas guindas pasteleras contienen un poder mágico irresistible para el ave. Le ayudan a volar más alto y generan en sus plumas brillos más intensos y nacarados, envolviendo su vuelo con iridiscencias hipnotizantes. De ahí que nunca se sacie. Siempre quiere más.

Mientras tanto, Daniel sigue confundido entre esa multitud extraña, no da crédito a lo que ve. Desde luego, hubiera apostado su vida por todo lo contrario: la no existencia de todos esos seres. ¡La no existencia! —¿Cómo puede ser? Si no salen en los libros de historia, sólo en cuentos. ¡Qué disparate!—Aunque algo indignado por los recientes descubrimientos, la curiosidad le puede. Extiende su mirada sobre esa diversidad de seres, analiza al detalle mientras se sienta en una enorme raíz que, en cuanto la roza y como acto reflejo, se desentierra con rapidez empujándolo hacia el suelo. Con la brusquedad del inesperado movimiento, un higo maduro cae al lado del niño espachurrándose sobre la hojarasca.

—Lo siento, SúperDaniDaniel.—Se disculpa la Sabia Higuera.—No era mi intención tirarte. Me hice un corte en esa raíz viniendo para aquí y me duele mucho.—Agitando la ráiz dañada mientras habla con él. —Ay... Los años hacen mella en mis cortezas y cada lustro que pasa las tengo más resecas.—

—¿Cómo es que puedes hablar y moverte y..

—Shh... —Le pasa una rama sobre el hombro y le atrae hacia ella con mucho afecto, como haría una abuela con su nieto. Y lo sienta sobre una parte retorcida de su tronco — Aquí tenemos libertad para hacerlo, nuestros espíritus son libres.

—Pero eres de verdad ¿o estoy soñando?—El escepticismo en Daniel es inherente en su persona.

—Lo que sienta tu corazón, SúperDaniDaniel. Eso es lo único real y que verdaderamente importa, no lo olvides nunca. Si te acostumbras a escucharlo a diario, con el paso del tiempo te darás cuenta que tu alma se mantiene fresca, aunque se te arrugue la piel como a mí la corteza.

—¿Lo dices porque eres un árbol?

—Anda, vete a disfrutar de la fiesta, necesito reposar las raíces bajo tierra para reponer fuerzas, tengo a los higos mareados con tanto trajín. Demasiado anciana para fiestas...

—Si mantienes el alma fresca no lo creo. Bueno, voy a buscar a Carmenchina antes de que se haga tarde. Ha sido un placer.—Y sale corriendo hacia otra zona tan concurrida, que desaparece en un santiamén entre la multitud.

La Sabia Higuera sigue asombrada ante la sagacidad del niño, entre sonrisa y bostezo, va buscando postura para descansar un rato antes de volver a casa. Mientras extiende las raíces bajo tierra, retuerce el tronco todo lo que puede contra el muro de piedra y recuesta sus ramas sobre él, con suma delicadeza para que no se le espachurren los higos más maduros. —Verdaderamente, SúperDaniDaniel dio en el clavo. ¡Será condenado!—

Mientras la higuera y los retoños de luciérnagas duermen, todos los demás disfrutan, bailan, ríen y juegan en la fiesta del Sr. Lechuga. Siempre bajo el hechizo del manto de estrellas y de su movimiento rotatorio, constante, hipnótico.

Los discos estelares obedecen a la danza tornadiza de color y luz, un baile que todos practican movidos por la energía astral. Vueltas, giros y espirales.

La magia de la "Danza del Sema" empieza a extenderse entre los invitados, todos imitan el movimiento del universo girando en relación a un centro. Dan vueltas en la dirección del corazón, centro de nuestro ser, con la mano izquierda mirando hacia el cielo y la derecha hacia la tierra. La postura del baile, simboliza que ofrecen a la humanidad los dones espirituales recibidos. Estableciéndose, de este modo, una circulación equilibrada entre el dar y el recibir, uno de los principios fundamentales para mantener cuerpo y mente sanos.

De manera sincronizada, todos los integrantes de la fiesta empiezan a girar con la mano izquierda levantada y la otra hacia el suelo. Están transformando e integrando aspectos difíciles de cada uno. La energía del Sema alimenta sus almas y las eleva, sana sus heridas desbloqueando emociones estancadas que, ahora, fluyen siguiendo el movimiento de la espiral. Todos danzan siguiendo ese fluir, giran y dan vueltas y más vueltas, transmutando lo malo para elevar la vibración de sus energías. Todos juntos forman una gran espiral en movimiento que gira y gira.

Con los primeros albores del día, llegan las despedidas. Los niños se van del huerto con la promesa de volver tan pronto puedan. Sobre todo, Daniel, que alega no haber disfrutado el tiempo suficiente con el cuerpo de dibujo animado. Le gustaría no tener que volver a casa. Y de hacerlo, le encantaría regresar al cuadro cuanto antes, aun le queda mucho por aprender. —La mejor aventura de mi vida: el viaje a la noche estrellada de los mil colores.—El niño está entusiasmado con todos los seres fantásticos y claramente, busca la manera de estirar el tiempo todo lo que pueda, con tal de seguir por aquí un poco más, lo que sea. Aunque sólo gane unos cuantos minutos, ya es algo por lo que esforzarse.

Capítulo 24

Una promesa por un sueño

El campo de girasoles se extiende más allá de la línea del horizonte, hacia todo lo que alcanza la vista. Las flores se inclinan ante el sol radiante y se mecen acompasadas por la suave brisa, evocando el oleaje de un mar dorado.

Vincent observa el paisaje embriagado por su belleza, siempre ha sentido predilección por las flores amarillas, especialmente por éstas. Carmen y Daniel lo escuchan mientras permanecen tumbados a la sombra de un olivo, en cuyo tronco tortuoso reposa la zarigüeya intentando dormitar, hoy todo le da vueltas. Igual que ayer, todo gira. Como suele decirse vulgarmente, "el que pierde la noche pierde el día". Y así es.

—¿Veis lo que os decía antes?

—¿El qué? —Pregunta el niño.

Carmen parece ignorar sus palabras, sólo quiere recrear la vista. Le fascina distinguir tantas tonalidades amarillas, ocres, verdes,... Nunca podrá olvidar este mundo de color en el que infinitos matices, tiñen de luz cuanto alcanza la mirada.

—No es el lenguaje de los pintores, sino el lenguaje de la naturaleza lo que uno debería escuchar... El sentimiento propio de las cosas, en realidad, es más importante que la sensación que transmite una imagen.

—Pues esta imagen es maravillosa. —Indica la niña.

—Puse mi corazón y mi alma en mi trabajo y perdí mi mente en el proceso. Pero, al final, ha merecido la pena. Pues sólo cuando caigo, me levanto de nuevo.

En ese instante, el pájaro de mil colores vuela en picado hacia Daniel, todos siguen con la mirada la alocada trayectoria del ave, eclipsados por sus destellos de color chisporroteantes.

El niño lo señala entusiasmado, desde que lo ha visto en el huerto mágico, ha deseado montar sobre él y volar tan alto como para atravesar las nubes de algodón. De hecho, lo estuvo intentando en varias ocasiones a lo largo de la noche, hasta que el pobre pájaro, cansado de la insistencia infantil, huyó tan lejos como pudo. Hacia el otro lado de las estrellas, más allá de esferas superiores, a ese espacio olvidado que encuentra cuando busca refugio. Cosas del karma o no, pero el ave se topó con su misma vara de medir. Encontró a alguien tan obstinado como él: "SúperDaniDaniel".

Vincent estudia al niño y ahonda en cada uno de sus gestos. Sabe perfectamente lo que quiere.

—No olvidemos que las pequeñas emociones son los capitanes de nuestras vidas y las obedecemos sin siquiera darnos cuenta. Aquí todo es posible pequeño, prepárate a volar.

El pájaro se detiene al lado del niño y baja la cabeza para que suba sobre su lomo. Al comprobar el cambio de color en sus plumas, tan de cerca, se queda embobado. No puede hacer otra cosa que admirar la iridiscencia de todo su cuerpo, es un crepitar de luz y color, todo en uno. Desde luego, es algo sensacional cuando se aprecia en las distancias cortas.

—¡Cómo brillan los colores, qué pasada!

El niño se siente tan feliz montado en el pájaro que empieza a entender la importancia de vivir intensamente, mientras dure la vida sólo hay que vivirla. Así de sencillo. Está descubriendo muchas variantes de la felicidad y todas ellas, le hacen sentir mejor que nunca. ¿Habrá sido el destino? ¿La casualidad? ¿Un golpe de suerte? Sea como fuere, es de agradecer que su hermana tuviera la excursión al museo y desapareciera. De no ser por ella, no habría tenido esta experiencia tan increíble.

—Nos vemos en el ciprés, SúperDaniDaniel. Agárrate fuerte y pídele todo lo que quieras ¡Es el ave de los deseos! Y se llama Pincel.— Explica la zarigüeya con cierta somnoliencia en el gesto.

El pájaro despega antes de que el marsupial acabe de hablar y lo hace con tal rapidez, que se pierde tras las nubes del horizonte en un abrir y cerrar de ojos.

Vincent, Carmen y la zarigüeya, inician el camino de vuelta por el sendero que va bordeando los campos de segadores.

—Desde luego que para el arte, donde se tiene necesidad de tiempo, no estaría mal vivir más de una vida.

—Ya lo estás haciendo ¿No crees?—Contesta Carmen con mucho tino y Vincent reacciona estrujándola entre sus brazos con evidente cariño.

—Incluso el conocimiento de mis desaciertos no puede mantenerse libre de errores. Pero, si algo he aprendido de todo esto, es que jamás hay que dejar apagar el fuego de tu alma, sino avivarlo.

La zarigüeya les muestra un atajo que conduce hasta el ciprés, sin embargo, la niña no tiene ganas de acortar el camino. Prefiere aprovechar el paseo de vuelta y saborear cada instante. —Por si acaso no puedo volver, si no funcionara la horquilla de Doña Cancela... Ay, qué pena me da irme...— Pero ha elegido vivir el instante presente para vivirlo con poderío y no para angustiarse por volver a casa. En la pena ya pensará mañana porque ahora es el tiempo de la alegría.

—En el amor reside la fuerza y cualquiera que ama mucho, hace mucho y puede lograr mucho, porque eso hace el amor. Nunca dejes de amar ni de soñar y volverás siempre que quieras, Carmenchina. No lo dudes.

Carmen asiente emocionada por sus palabras, es como si Vincent le hubiera leído la mente. Y se siente muy afortunada por haber escuchado su llamada. Realmente feliz .

Capítulo 25

Volando hacia mundos paralelos

Daniel se agarra con fuerza al plumaje de Pincel mientras sobrevuelan el cielo surcando nubes. Cada vez que las plumas cambian de tonalidades bajo ese brillo nacarado, la nubosidad que atraviesan se ve del mismo color que el ave. —Parece algodón de azúcar. ¡Qué pasada!—Está pletórico de felicidad, ha sido un acierto hacer el camino de vuelta con Pincel, es un animal tan poderoso como enigmático pero también hace sus gracias y travesuras. Es un pájaro único en el mundo. Un animal Irrepetible.

Su plumaje es realmente hermoso y muy suave. La terminación de sus alas y de su cola recuerdan la forma de un delicado pincel, de ahí su nombre. En dichas partes de su cuerpo, las plumas se juntan en punta y se fusionan en cientos de miles de colores iridiscentes. El efecto que se percibe, visto desde la distancia, es el de un pincel chorreante de pintura metalizada, cuyos colores brillantes y tonalidades hipnotizan hasta tal punto, que atrapan la mirada con sus destellos. Y dispone de tantos matices, que la mayoría son imperceptibles para el ojo humano, incluso al lado de sus plumas sería imposible reconocer todos. Demasiada luz y color para cualquier retina. Sus chisporroteos eclipsan a quien los mira pues son tan atrayentes como bacanes.

Y es en ese instante, cuando se produce la magia y conquista el alma del observador. Sin necesidad de hacer la corte, con un simple aleteo logra capturar su psique para someterla con suavidad al dictado de su inspiración. Resulta un animal tan seductor y misterioso como extraordinario .

Daniel también se siente cautivado por la sensación de vértigo al volar. Ha descubierto que esa mezcla entre miedo y emoción, le fascina. Al entrar en este mundo con su cuerpo energético, no lo había sentido con tanta intensidad como ahora, que ha recuperado su figura infantil. Y aunque esté hecho de pintura al óleo, puede sentir el hormigueo en toda su anatomía.

Pájaro y niño, recorren campos de cereales en los que unos siegan, otros cargan cestos, algunos van de allá para acá mientras otro par de hombres, casi al borde del camino, dormita sobre un montón de paja. Alguno de ellos, les saluda con la mano cuando pasan por encima y en ese caso, Daniel les devuelve dicha cortesía con una sonrisa de oreja a oreja.

Aquí se siente muy importante, a nadie le resulta relevante su edad y esto es algo nuevo para él. Sus padres le siguen tratando como a un bebé, lo que le molesta sobremanera.

Sin embargo, en esta parte del mundo es "SúperDaniDaniel" y su nombre lo dice todo, es lo más parecido a un superhéroe que haya visto nunca: Se teletransporta, vuela, ha formado parte de una gota de agua, se ha introducido en la mirada de su hermana, ha atravesado edificios, también ha descubierto que es un fractal de la fuente de luz divina. Sin olvidar la telepatía que ha desarrollado en este último tiempo. En realidad, son tantas las cualidades de su ser evolucionado, que sería una estupidez por su parte, no reconocerlas ni hacerse llamar súper héroe. Y ha llegado a la conclusión de que, posiblemente, la ciencia está equivocada en alguno de sus datos. Es una teoría que ahora discurre por sus neuronas cuando, en otro tiempo, hubiera sido impensable.

En cuanto vuelva a casa, seguirá perfeccionando su potencial. —

Mamá va a alucinar cuando se de cuenta de mis súper poderes. Iré al cole con el pensamiento. ¡Se acabó el madrugar!—

Entre propósitos y divagaciones variadas llegan hasta el pueblo de corte provenzal y en una colina situada a las afueras, empiezan a divisar el creciente ciprés donde esperan los demás. Aun no sabe cómo van a volver al museo y le causa mucha intriga pensar en la manera de hacerlo. A decir verdad, desconoce cómo ha llegado su hermana a formar parte del cuadro y por esta simple razón, no tiene ni idea de cuál será el modo de regresar a casa.

Sentados frente al ciprés, descansan la zarigüeya, Carmen y el pintor a la sombra de un robusto y frondoso roble.

—Ya vienen. —Apuntilla el marsupial al tiempo que señala hacia el cielo, pero no hay rastro de ellos todavía. Sólo un conjunto de blancas nubes algodonosas que, de un momento para otro, atraviesan ave y niño juntos. Y tornan su blanco virginal para lucir tintadas de pigmentos cambiantes, reflejos iridiscentes que emite Pincel.

—Oh… No pensé que sería tan rápido, aún no quiero irme.—La niña se gira apenada hacia pintor y zarigüeya.

—Admira tanto como puedas. La mayoría de la gente no admira lo suficiente. Eso fue lo que te hizo llegar hasta aquí. Y recuerda que lo que el color es en un cuadro, el entusiasmo es en la vida. No lo pierdas nunca amiga mía.

Pincel pisa tierra al otro lado del ciprés, un poco más apartado que el grupo.

—SúperDaniDaniel, arranca la pluma que más te guste y guárdala bien. No la pierdas. Cuando entiendas su poder, habrás descubierto un tesoro.—Explica el ave ante la cara de pasmo del niño.

Se trata de un regalo único para compartir con su hermana, como el de Doña Cancela. Siempre que regresen a esta parte del universo y lleven la pluma encima, podrán volar adonde quieran. Otro de sus poderes mágicos es que les proporcionará el reconocimiento certero de la mendacidad. Si alguien miente, lo detectarán al instante. Y no será necesario que estén dentro del cuadro, al ser la Pluma de la Verdad, su magia se extiende en cualquier parte del universo, ya sea conocida o no.

—La verdad no entiende de fronteras.—Puntualiza pincel. —Pero sí de colores. Al pasar los límites del cuadro perderá su iridiscencia, en tu mundo estáis carentes de color.

A Carmen se le escapa una lágrima cuando su hermano llega a pie del ciprés, donde continúan los tres sentados al cobijo de la sombra.

—Volveré a traerte algún día bajo mi manto de estrellas, no lo dudes pequeña.

—¿Y a mí? ¡Mira, Carmenchina! —.—Indica el niño con la pluma en la mano, sus tonalidades recuerdan a las que componían el color de su aura, predominando los dorados y los verdes. —"Pincel" nos ha hecho un regalo muy especial.

—Pues no lo pierdas, no es algo que acostumbre hacer, precisamente. —Aconseja la zarigüeya.

Vincent les hace prometer que visitarán más museos, por lo menos, cuando haya alguna exposición de sus obras. Y hace verdadero hincapié en esto, tienen que ir de vez en cuando a ver sus cuadros. Siempre hay algo que admirar y quién sabe lo que puedan vivir con otras obras de arte y sus respectivos creadores.

—Si Vincent aún existe… Habrá más artistas que se recreen en sus obras o puede que necesiten ayuda y aun no lo sepan.. Poetas, compositores, filósofos, escritores… ¡¿Quién sabe?! La verdad, tenéis un mundo nuevo por descubrir y resulta apasionante. —Indica la zarigüeya en un alarde de ilusionar a los niños.—Vuestra aventura no ha hecho más que empezar. Creedme.—Le da una buena bocanada al puro y a continuación, los envuelve con la espesa cortina de humo que sale de su hocico.

—Y no olvidéis prestar atención a los vestigios de la vida, a su genialidad. —Concluye Vincent. — Ahora que lo pienso, tal vez Dios me hizo pintor para gente que aún no había nacido. —

—Tienes razón, te adelantaste a tu época. Ahora eres un prodigio de la humanidad y veneramos tu estilo. —Confirma la niña mientras el artista se queda pensativo y Daniel toma la riendas de la conversación.

—A mamá le encantas, cuando se entere que hemos estado contigo se va a morir de envidia. Siempre está leyendo cosas sobre ti y luego nos cuenta alguna. Aunque no le hago mucho caso...

—Envidia no, SúperDaniDaniel, se va a desmayar que es distinto. Cuando mamá vio sus cuadros por primera vez, estaba muy triste pero salió renovada y feliz del museo.—Se dirige a Vincent —La dejaste impactada.

—El arte es para consolar a aquellos que están rotos por la vida.— Vincent está en lo cierto, ya que genera un efecto liberador y empático.

—Pues sí, ahora que lo dices, es verdad.—Afirma Carmen.

—Y esto vale tanto para los artistas como para los que admiráis su arte. —La zarigüeya sigue dándole al puro y apestándolo todo de humo.

No obstante, de lo que Carmen está segura, es que allá donde encuentre su obra, sea la que sea, hallará a Vincent disfrutando de la magia creadora de su lienzo, esperando que cualquiera llegue hasta donde ella misma ha conseguido llegar, hasta la esencia de su arte. Su auténtico corazón.

Mientras tanto, el manto estelar vuelve a extenderse allende los confines pintados, asomando sus discos de luz llenos de matices, dominando la cúpula celeste con sus estrellas esféricas que, una vez más, giran y lucen desacompasadas mostrando un ritmo caótico. El crepitar de los astros se magnifica ante el movimiento incesante de la luz y el color, dando lugar a ese frenesí de formas y vibraciones.

—A menudo pienso que la noche está más viva y más rica de colores que el día. —Vincent observa las estrellas, la noche vuelve a lucir en todo su esplendor.

Les explica cómo hacer para salir del cuadro. Deben encaramarse ciprés arriba y enfocar la vista más allá de los límites del horizonte pintado.

Le encantaría pasar más tiempo con ellos, pero su familia no puede seguir sufriendo por su ausencia, no sería justo para sus padres. Conociendo el dolor tan de cerca como él, sabe lo que se siente y entiende la tragedia de vivir sumido en el vacío de la pérdida. Necesitan recuperar a sus hijos cuanto antes y no sólo porque lo desean con todas sus fuerzas, sino, porque el sufrimiento les consume por momentos y su agonía es atroz.

—Claro, no lo había pensado. Estarán muy tristes, sobre todo, mamá. "Pobrecita".—Carmen se muestra muy apenada, aunque la zarigüeya intenta tranquilizarla.

—Todo volverá a ser como antes. Volveréis al momento previo de entrar en el lienzo. Cada uno a su instante concreto con total normalidad, como si nada hubiera pasado. —Explica la zarigüeya, puro en mano con aire triunfal.

—¡Qué porquería volver a casa! ¡Quiero quedarme más tiempo!

—Protesta Daniel.—¿Nos acordaremos de todo lo que hemos vivido, no? Es que si no..

—No soy un aventurero por elección, sino por destino. Al igual que vosotros. Volveréis a casa y recordaréis aquello que queráis recordar.—Vincent dirige su mirada hacia Daniel.—Piensa en todo lo maravilloso que has vivido y que te aguarda aún por vivir.—Y abraza a los dos niños con la intención de cambiarles el gesto tristón de sus caras.

—Este viaje ha merecido la alegría. Muchas gracias por traerme, Vincent. Os llevo en mi corazón.—Carmen está muy emocionada y sus ojos brillan como nunca.

Al abrazo de tres, se une el marsupial mientras disimula el llanto que contiene su mirada, cada vez más vidriosa.

—¡Vamos! La copa del ciprés empieza a girar hacia arriba.—La zarigüeya señala una rama por la que iniciar la escalada.

—Ha llegado el momento, me voy feliz de haberos conocido.—Carmen pone de manifiesto su estoicismo, pese a ser una situación que no le gusta trata de afrontarla con madurez. Una vez más se vuelven a abrazar, a todos les da pena el momento y se resisten a soltar.

Carmen sigue las instrucciones del animal y empieza a subir por la copa del ciprés buscando las ramas en las que apoyarse. Su hermano va tras ella, intrigado en cuerpo y alma ante el sistema arbóreo de vuelta a casa, el mero deseo de descubrir el mecanismo, ha devuelto la ilusión a su cara. No les cuesta demasiado trepar a través del ramaje alargado, gira a modo de pirulí y los impulsa hacia arriba con ligereza.

El linamen se retuerce alrededor del tronco y se eleva hacia las estrellas. Y sube sin detener su movimiento en espiral, sorteando los límites del luminoso manto estelar, encumbrando a los niños más allá de los discos de luz.

Carmen mira hacia el horizonte tal y como le había indicado Vincent que debía hacer, desde esa altura que los separa del suelo, empieza a distinguir figuras borrosas que pasean de un lugar a otro por la sala del museo. Es inevitable la nostalgia que se agolpa en su interior cuando comprende que el viaje está a punto de finalizar. Siente un nudo en el estómago, esa sensación amarga que le causan las despedidas. Y ésta, en concreto, le resulta terriblemente difícil con todo lo que entraña.

Se resiste a seguir mirando hacia la imagen desdibujada que ocupa el horizonte de la pintura. Le da tanta pena volver al museo, es tan feliz en este lugar, se siente tan libre y realizada que no soporta dar el siguiente paso. No quiere irse tan pronto.

Desde el imperceptible suelo, escuchan la voz desgañitada de Vincent, su último mensaje antes de que se teletransporten hacia la realidad. Y suerte que lo escuchan en el interior de sus pensamientos, porque su voz resulta un hilillo prácticamente inaudible.

—Sueño con pintar y luego pinto mis sueños. ¡No dejéis de soñar!

La zarigüeya trepa liviana hasta los niños y les da un cariñoso beso a cada uno.

—Jamás olvidaré lo de las ninfas, de verdad, gracias por salvarme Carmenchina. —Le revela con un nudo en la garganta.—SúperDaniDaniel has sido el nexo de unión entre hermanos. Sin vosotros seguiría colgado en cualquier árbol.—Los niños sonríen ante los agradecimientos del animal.

—¿Eres su conciencia, verdad?—Le pregunta Daniel cuando el animal empieza a descender.

La zarigüeya asiente con la cabeza insinuando cierto alivio. Por lo menos, da por concluidas las elucubraciones del niño sobre cuál es o no, su relación con el pintor.

—¿¡ Cómo no me habré dado cuenta del detalle?! Eres increíble, SúperDaniDaniel. —Carmen revuelve el pelo de su hermano con mucho cariño. —La mía es un topo muy gruñón. ¿Sabías?

—¿Y qué animal será mi conciencia? Yo creo que puede ser un búho porque la noto expandida y sabia.—El niño sigue trepando mientras piensa en ello.—¿O será Pincel?—Y no sería tan descabellado teniendo en cuenta que ahora es un superhéroe.

Vincent Van Gogh hace un ademán de despedida, momento en el que llega Pincel para sobrevolar a ras de su cabeza. Adonde va uno, el otro le sigue. Y Ambos continúan juntos el recorrido. Van Gogh se va alejando del ciprés rumbo hacia el pueblo y Pincel zigzaguea en paralelo, sin llegar a adelantarlo, dando palos de ciego hasta que el hombre, buenamente, coge su ritmo. La zarigüeya se desliza por el tronco y también se despide de los niños con una gran sonrisa. Al fin de cuentas, las despedidas no siempre son tristes, sobre todo, cuando se trata de un "hasta pronto", como les recuerda en este caso.

El marsupial corre tras las pisadas de Van Gogh, al que acompaña como acostumbra, subido a su hombro. Mientras tanto, Carmen se vuelve hacia el horizonte repuesta de su melancolía. —Volveremos, eso seguro. Te lo prometo.—Tras un chispazo de luz, desaparece Daniel y entonces, comprende que no puede demorarse más. Fija la vista hacia los confines de la pintura y ve pasar a su compañero Ángel ante el cuadro, que se detiene justo delante, sin dar crédito a lo que está viendo.

—¡Carmen! ¡¿Qué haces ahí subida?! Si te ve la profesora te pondrá un negativo. —Exclama Ángel. Y pega su nariz al lienzo, para comprobar que se trata de su compañera de clase y no de una alucinación.

—Ayúdame a salir de aquí, por favor.

—Pero yo también quiero entrar ¿Cómo hiciste?

—Cierra los ojos y piensa que me das la mano. —Carmen extiende su brazo de pintura al óleo más allá de los límites del cuadro y al sobresalir del marco, siente cómo se desdibuja su extremidad.

En una milésima de segundo, que a la niña se le hace eterna, vuelve a pasar por el mismo túnel de gusano que había utilizado para llegar hasta la pintura.

En su interior todo da vueltas y resplandece, todo es un incesante movimiento rotatorio. Avista, una vez más, las estrellas y sus constelaciones, el espacio exterior, las galaxias y muchas explosiones de luz que titilan, alguna de ellas al son del movimiento convulsivo que agita cada parte de su cuerpo. Allí todo gira sin parar. Todo se mueve y todo vibra con una intensidad desmedida. Y aunque no es algo nuevo para ella, le resulta imposible acostumbrarse a esas ondas electromagnéticas que recorren sus interiores y la martirizan con las sacudidas. Roza lo desagradable.

Cuando la niña abre los ojos, ya no es de pintura. Ha vuelto al mundo real y está plantada frente al lienzo de La Noche Estrellada de Vincent Van Gogh.

Tal y como le habían explicado, ha vuelto al momento anterior de entrar al cuadro. Comprueba que la clase sigue la explicación del guía. Sin embargo, no sucede lo mismo con su compañero Ángel, la observa con la boca abierta por el fenómeno que acaba de presenciar. Siente una mezcla de estupefacción e incredulidad.

Y Carmen no sabe cómo gestionar esta circunstancia. En realidad, no le habían informado de la posibilidad de ser descubierta. Tendrá que valerse de su intuición para solucionar el imprevisto. —Ojalá conserve el poder socrático.—Tal vez consiga despistar a su compañero disimulando que nada ha pasado, o puede que sea cosa del destino el ser descubierta. —Si Ángel me ha visto, será por algo. Pero ahora no puedo pensar en eso, tengo un mareo...—

—¡No es justo! Pensé que me llevarías dentro. —Protesta Ángel con evidente decepción.

—Otro día, de verdad. Hoy ha sido suficiente para mí. Pero no se lo cuentes a nadie, por favor... O lo desmentiré, allá tú si quieres que te tomen por un pirado.—Rebate la niña sintiendo todavía, vértigos en su interior. —Será nuestro secreto, promételo.—El compañero mueve la cabeza con gesto afirmativo.

Carmen y Ángel salen al encuentro de la clase cuando la profesora concluye la visita. Les pide a los niños que hagan una redacción sobre el pintor cuyo cuadro de la exposición, más les haya gustado.

La niña vuelve la vista hacia un retrato de Van Gogh que, durante unos segundos, muestra una expresión risueña y le guiña un ojo sin ser visto por nadie más. Ella le devuelve el saludo con la mano y el semblante del pintor recupera su habitual gesto de seriedad.

Carmen se siente muy feliz al pensar que su artista preferido es su infinito y gran amigo Vincent. Y por qué no reconocerlo también, le hace mucha ilusión saber que junto a su hermano, ha descubierto el secreto que alberga "La Noche Estrellada".

De pronto, viene a su mente el recuerdo de la llave y la horquilla. Se lleva la mano al colgante y suspira aliviada al notarla en su sitio. Ahora tiene que comprobar si aquí también "lo abre todo", vuelve a sonreír muy satisfecha sólo con pensar en el poder que contiene.

Palpa uno de sus bolsillos y se relaja al ver que sigue ahí. —Un simple movimiento de mano basta para que suenen las campanillas y volvemos.—Otra sonrisa pícara se perfila en su rostro.

Nadie puede hacerse a la idea de lo que acaba de vivir con Daniel y, por cierto, qué ganas tiene de volver a verle y compartir su experiencia con alguien que la entienda. Sobre todo, si ese alguien es él.

Siempre se han querido mucho, pero este viaje le ha hecho comprender, entre otras muchas cosas, lo especiales que son los dos y el papel tan importante que ocupan en la vida de cada uno.

Y todos los hermanos debieran sentirlo así, en realidad: El profundo e incondicional amor fraternal, auténtico y tan necesario. Un tesoro inalcanzable para muchos pero indispensable en la vida de otros. Quien tiene la suerte de poder disfrutarlo juega con ventaja frente a los demás.

De modo que, ahí va otra de las lecciones aprendidas a lo largo un camino tan pintoresco como críptico: la trascendencia del amor fraternal.

Carmen también se ha dado cuenta durante este viaje que no importa la edad, sino la grandeza de corazón y la confianza en uno mismo desde la óptica de la humildad, eso es primordial. Además, se han disipado todas sus dudas sobre la eternidad del alma dando paso a la certeza de su existencia infinita.

Y ahora que lo piensa, ya sabe cómo se titulará la redacción que tiene que escribir:

"Viaje a la Noche Estrellada de los Mil Colores"

Epílogo

Todos somos creadores de nuestras vidas. Y todos podemos viajar por universos paralelos, al igual que hicieron Carmenchina y Súper-DaniDaniel. De hecho, ni han sido los primeros ni serán los últimos en explorar otros mundos. Sólo hay que saber proyectar y dejarse llevar sin condicionamientos mentales que impidan fluir libremente, en éste o en cualquier otro plano astral.

Hay tantas líneas temporales como alternativas para vivirlas. Las posibilidades son innumerables cuando se trata del espacio—tiempo y se multiplican exponencialmente, cuando se entrelazan los talentos de cada uno. Todo es posible si se cree de verdad en uno mismo, en alguien o en algo especial. Sólo hay que vivir y sentir con intensidad para que se produzca la magia, nuestras energías harán el resto siempre que permitamos su libre albedrío. Lo que tiene que ser será, queramos o no. Si respetamos el devenir de los hechos tendremos la enegía del universo de nuestro lado, nos respalda y hace de trampolín para que alcancemos nuestras metas, nos da el empuje para hacer de una ilusión nuestra realidad.

Soñar y vivir. Vivir y soñar. Con un poquito de chispa y otro tanto de imaginación, "la vida es sueño y los sueños, sueños son..." No te conformes con saber lo que hay al otro lado de la puerta. Ábrela y entra.

Y sin ir más lejos, pensando en otro ejemplo cercano:

En otra ciudad, en tal momento como pudiera ser éste, una mujer pelirroja cuyo aspecto bohemio llama la atención por el contraste de colores, carga sobre su espalda la aparatosa funda rígida de lo que podría ser una viola. Julia, que es así como se llama, intenta caminar a paso ligero en compañía de su perro mestizo por una calle peatonal, tan concurrida de gente, que resulta agobiante. Y por más que lo intenta, no encuentra hueco para colarse y adelantar a los domingueros que pretenden ocupar toda la anchura a ritmo de procesión.

Como es un recorrido que suelen realizar con frecuencia, el perro sabe que están próximos a la alameda y empieza a ponerse nervioso y juguetón. También están muy cerca de la tienda de antigüedades que tanto le gusta a Julia aunque, desde el hormiguero humano en el que se encuentra, no alcanza a ver el escaparate. Hoy resulta imposible dar dos pasos sin tropezar con alguien que se cruza o que, simplemente, obstruye el camino. Necesita acercarse un poco más al establecimiento, eso, si la multitud se lo permite, por supuesto. Y aunque sea a trompicones y a paso de nazareno, no va a dejar de intentarlo.

Una música empieza a sonar con suavidad a lo largo y ancho de la calle. Pese a no reconocer la melodía, le resulta delicioso escuchar una pieza clásica, sea la que sea. —La música amansa a las fieras. A ver si es verdad...—Sonríe al pensar. En un momento y con una sutileza que llama su atención, la melodía ha solapado al bullicio que impregnaba la vía. Julia presupone un tanto escéptica, que procede del interior de la tienda, lo que aún la incita a llegar con más premura para constatarlo. Aunque sólo sea por curiosidad y cabezonería.—¿La habrán programado para que suene el domingo? Sería la primera vez estando cerrada. —Piensa incrédula.

Y no sólo le intriga el origen de la melodía, sino, también, esa costumbre adquirida de comprobar posibles cambios en la exposición.

De hecho, siempre que pasa por delante, siente la imperiosa necesidad de pararse y observar. Entonces, deleita todos sus sentidos con las antigüedades o los diferentes objetos, cuyo uso o formas los convierten en anecdóticos. Le encanta dejarse llevar por su imaginación e inventiva sin límites en cualquier ámbito de su vida, pero, cuando asoma su mirada hacia este lugar, le sale sin esfuerzo. De manera natural.

Su capacidad creativa vuela tan alto estando ahí, que logra visualizar en su cabeza y a modo de película, diferentes historias protagonizadas por los auténticos propietarios de las reliquias expuestas semanalmente. Le fascina recrear cómo han acabado a la venta siendo artículos tan valiosos y por eso, resulta comprensible que se vendan tan rápido. De ahí, su maravillosa manía de pasar por delante y revisar siempre que puede. Para Julia, son tesoros cuyos secretos, guardan con recelo y mantienen ocultos a pesar del tiempo. A veces, no hay manera de descifrar el enigma que camuflan si no es usando la imaginación.

Y sería una obviedad resaltar que ella no puede permitirse esos caprichos. Eso está claro, cuando, en días como éste, se ve en la obligación de tocar en la alameda a cambio de alguna "monedilla" para llegar a final de mes. Con lo poco que le pagan por dar clases de solfeo, no le llega. Necesita completar utilizando todo su ingenio y habilidades variadas. Pero, aún así, le gusta fantasear frente al escaparate. ¿Y por qué no hacerlo ahora? No debería cambiar su ritual a pesar del continuado e incómodo gentío. Aunque le genere algo de ansiedad verse en medio de un tapón que no avanza. Le crispa los nervios para ser exactos.

Tiene que evadirse de esta penitencia, del modo que sea y antes de que pierda la calma. Se imagina entonces, una carrera de "obstáculos"cuyo único fin sería llegar "a meta", pero el bulto de la espalda no es de gran ayuda a la hora de esquivar "pasmarotes". Y la reticencia de su perro a brujulear entre la multitud, tampoco es de agradecer.

Hoy le está costando un mundo llegar hasta la tienda, pese a que están a escasos metros de ella. Vuelve a concentrarse en la música, necesita un poco de relax mental para tranquilizarse.

Y por fin reconoce la obra musical. —¡La Flauta Mágica! Mira que no darme cuenta, para matarme —Empieza a canturrear esa parte tan conocida de la ópera, que corresponde a un fragmento del Aria de la Reina de la Noche.

Y zigzaguea fulanos mientras canta esta pieza, lo que le resulta un buen desahogo durante el recorrido. Sin embargo, por la reacción del populacho que sortea, parece ser la única que escucha la obra de Mozart. Todos la miran insinuando la necesidad de una camisa de fuerza. —¿Qué pasa aquí?—Observa a los transeúntes en silencio, pues le han quitado las ganas de cantar. —¡¿Nadie oye la música?!— Algo no encaja por mucho que lo razone.

La penitencia da su fruto y Julia consigue llegar hasta la tienda dejando esa marabunta ingente a un lado, aunque sólo sea por un rato. Logra adueñarse del escaparate con gran satisfacción y alivio, ocupando el único escalón de acceso al comercio.

En cambio, su perro no está de acuerdo con esta parada. Prefiere continuar la tortura hacia la alameda y evidencia su descontento, tirando de la correa hacia delante con más insistencia de la habitual. Prácticamente, como si le fuera la vida en ello. Por alguna razón, no quiere quedarse ahí.

—No me gusta que hagas así cuando hay tanta gente, me pone muy nerviosa. —Le regaña sin perder un ápice de dulzura en el tono. —Sube y siéntate.—Le ordena.

Vuelve la vista hacia el escaparate y llama su atención lo que podría ser la réplica de un clavicordio de juguete o tal vez sea una versión para niños, teniendo en cuenta su reducido tamaño. No obstante, lo han diseñado con todo lujo de detalles. Se queda pasmada observando el estilismo barroco de la pieza y sigue con la vista el conjunto de filigranas doradas que lo ornamentan. En ese momento y para el asombro de Julia, las teclas empiezan a moverse como si alguien las tocara e hiciera brotar música de ellas. Sin embargo, ahora que está a los pies de la tienda, comprueba que la ópera se escucha lejana. — Proviene del exterior, está claro. —Concluye para sí misma.

El perro detecta algo raro en el escaparate y ladra con todas sus fuerzas alarmando a la mujer, nunca lo había visto reaccionar de este modo. Tras acariciarlo con paciencia, consigue calmarlo. Las teclas del clavicordio se detienen ante el silencio perruno. Pero la música continúa impregnando el lugar.

Julia vuelve la vista al escaparate. Ahora, parece tomar vida un transistor de mediados del siglo XX situado en el lado opuesto. El perro reanuda los ladridos provocando con su reacción, que las luces de esta radio se apaguen y se enciendan intermitentemente. Coincidiendo, a su vez, con el encendido de un tocadiscos antiguo: la aguja se coloca en posición y empieza a girar.

Al momento, sucede lo mismo con una gramola situada al fondo de la exposición y también con el clavicordio, cuyas teclas vuelven a moverse al compás. Todos los objetos expuestos emiten la ópera de Mozart que suena en el exterior, aunque no estén enchufados y lleven tiempo sin funcionar la mayoría de ellos. Una fuerza superior los hace sonar al unísono. La mujer siente que sucede algo extraño en este lugar. —Quizá sea magia. O un maleficio ¡Qué yuyu!—No tiene ni idea. Pero la constatación de ello, aparte de todo lo demás, es el nerviosismo que manifiesta su perro. Está demasiado inquieto.

Julia considera la opción de reanudar la marcha. De nuevo, intenta calmar al can, lo sienta y lo acaricia tiernamente. El lomo ya no está erizado y sus gruñidos van a menos. El perro sabe que se van de ahí.

La música también deja de sonar aledaña a la tienda de antigüedades.

Se hace el silencio y con él, vuelve el alboroto y su mundanal ruido. Ese rum rum entremezclado del gentío al pasar: Murmullos en distintos idiomas, voces agudas, sordas, graves, de niños, hombres, mujeres... Muchas voces superpuestas que forman un barullo insoportable.

Perro y mujer se reincorporan a la riada de personas que transita la calle. Para consuelo de Julia, el Aria vuelve a sonar en su cabeza o en la lejanía, no está muy segura. —¿Estaré soñando?—Empieza a preguntarse algo intranquila, desde que ha salido de casa, todo es muy extraño. —Demasiado raro para ser real.—

Al llegar a la confluencia en la que terminan varias vías peatonales, observa un pentagrama multicolor sobre las cabezas de los viandantes. Aunque nadie parece advertir dicho fenómeno.

Se frota los ojos esperando que sea un efecto óptico provocado por el sol, pero la pauta musical sigue ahí. Sobrevolando todas las cabezas. Es más, empieza a distinguir cómo se van perfilando las notas de esta pieza que no deja de sonar desde hace rato. Y lo más increíble: sólo ella la escucha y ve su representación. La gente ni se inmuta ni detecta nada raro en el ambiente, simplemente, no es consciente de lo que está pasando a su alrededor. Por imposible que resulte.

Julia sigue el pentagrama a modo de pista, como si fuera un camino gaseoso ondulante, un sendero musical de apariencia nubosa y evanescente. Como los cirros o estratos, como una niebla sutil llena de colores pululando sobre la gente. En realidad, pasa de largo sobre las cabezas sin llegar a rozar ninguna. —¿Por qué sólo lo percibo yo?¿Qué significa esto? ¡¿Qué es?! —Piensa.

No sabría cómo definir racionalmente lo que está viviendo. Aparte de estar sufriendo una alucinación o, quién sabe, quizá sea un brote psicótico o el principio de una esquizofrenia paranoide. La verdad, no tiene la menor idea de lo que está pasando ni a qué se debe. Pero tampoco encuentra una explicación lógica que solvente sus dudas. Ni siquiera lo consiguen estas deducciones absurdas, es imposible volverse loco de la noche a la mañana sin previas señales de ello.

Sin embargo, nadie advierte lo que pasa a su alrededor. Sólo ella. Nadie más.

Lo cierto, es que la envoltura traslúcida e iridiscente que conforma el pentagrama, le resulta muy atrayente, como cuando mira a través de una pompa de jabón. Y a eso le recuerda precisamente. Pero la sensación es mucho más agradable e intensa cuando mira a través de este fenómeno desconocido. Además, aunque sabe leer pautas musicales, en este momento concreto, siente erudición y pleno dominio musical. Algo totalmente nuevo para ella. Es un conocimiento que brota del propio pentagrama en forma de clarividencia musical e incluso, le permite adivinar las notas que faltan. Está más que preparada para completar esta partitura o cualquier otra que le pongan por delante. —¡¿Qué clase de poder es éste!?—Pero, en el fondo, se siente en la gloria bendita con esta sabiduría musical adquirida de la nada, de un momento para otro y sin esfuerzo. Tras un pestañeo llegó la iluminación, sin más.

Cuando quiere darse cuenta, se ha adentrado en la alameda y se sitúa frente al violinista que suele tocar en esa zona, siempre que la necesidad aprieta, al igual que le sucede a ella. Ambos se conocen y se saludan con un ligero movimiento de cabeza, como acostumbran si coinciden en el parque, ya sea tocando o simplemente paseando. Ella intenta distinguir la pieza que toca su amigo, sabe que no puede ser el Aria de la Reina, no es su estilo. Nunca ha tocado piezas de Mozart, que ella sepa.

Sin embargo, es lo único que escucha repetidamente en su cabeza.

Suelta al perro tarareando esa parte más conocida y se incorpora con intención de despedirse del músico. Pero al hacerlo, comprueba estupefacta que a parte de tocar, el violinista también canta esa obra con voz de soprano. Y cualquiera diría que es la mismísima reencarnación de La Reina, ya que la está representando, exactamente, con su mismo timbre de voz y el dramatismo escénico que la caracteriza. Resulta bastante extraño y difícil de creer.

El músico callejero fija la mirada sobre Julia, deja de tocar el violín y señala hacia el palco de la música: lugar de donde proviene el pentagrama mágico.

En ese instante, el perro sale corriendo y Julia tras él. El violinista vuelve a la normalidad retomando una de sus típicas melodías folck. Y lo hace como si nada raro hubiera pasado antes.

—¡Fígaro, Fígaro ven! —La mujer grita a todo pulmón, es necesario que su perro la escuche por encima de la melodía.

Corriendo tras el animal, Julia llega hasta el palco de los músicos, titubea unos segundos pero, finalmente, decide subir las escaleras. —Fígaro conoce perfectamente el parque y no se irá sin mí.—. Prefiere resolver el misterio de la música y del pentagrama, pues no tiene pinta de haber nadie tocando en ese lugar, al menos, no se distinguen siluetas desde abajo. Esto suscita su interés, dada su natural curiosidad.

El efecto multicolor y la música se acentúan a medida que va subiendo escalones. Y también una sensación de vértigo se va apoderando de ella conforme avanza escalera arriba. Debe llegar cuanto antes, no aguantará por más tiempo esa sensación de vahído y malestar. Cuando pisa el último peldaño y divisa la totalidad del palco, cesan los mareos y aumenta la sorpresa.

En la parte central y a pesar de su desconcierto, descubre a Mozart, tendrá cinco años como mucho, a juzgar por su aspecto. La saluda con delicada cortesía al entrar. Julia se fija que está tocando un clavicordio. —El mismo que había en la tienda ¿Coincidencia?—Es hora de interpretar las conexiones para que todo tome sentido. —Las casualidades no existen.—Esta reflexión resuena en su cabeza como un mantra.

En otra parte del proscenio, otro Mozart, en este caso es adulto. Y por lo que se ve, escribe afanado la partitura de La Flauta Mágica mientras la canta, por lo que Julia deduce que representa los treinta y cinco años, justo la edad de su muerte. A su lado, luce un clavicémbalo tan hermoso como imponente. Este Mozart, le hace un gesto con la mano sin soltar la pluma, sigue apuntando notas musicales y demás signos de notación. —De aquí brota la partitura mágica.— Resuelve Julia para sí misma.

Frente a estas dos versiones, descubre a un Mozart adolescente, triste y taciturno. Sostiene una flauta dorada entre sus manos.

—Lo único peor que una flauta son dos flautas.—Apostilla el Mozart niño asomando una sonrisa burlona. Y le saca la lengua a su versión adolescente, sin dejar de tocar el clavicordio en ningún momento.

Julia observa la escena con expectación y no siente miedo aunque pueda tratarse de fantasmas. Al contrario, está muy tranquila ante el descubrimiento de los tres individuos. Las tres edades de Mozar convertidas en tres personalidades distintas, siendo la misma persona. Quizás, la convicción de estar en un sueño va tomando forma. —Exageradamente surrealista para ser verdad.—Intenta convencerse a sí misma.

—La melodía es la esencia de la música. —Contesta Mozart adolescente mientras se acerca hasta la mujer. —Toca conmigo, adoro el sonido de la viola. Es mi preferido.

—Pero nunca he tocado esta ópera, es muy difícil...

—Sólo déjate llevar, lo harás bien. —Apostilla el adulto, ya preparado para tocar el clavicémbalo.—La música es el único camino hacia lo trascendente.—

Julia saca la viola de su funda y sin saber cómo, se adapta a la melodía de la Flauta Mágica, sincronizándose, a su vez, con los instrumentos que tocan las respectivas personalidades de Mozart.

El cuarteto se sumerge en la música sin necesidad de partituras, al unísono, provocando el mayor de los deleites experimentados para los oídos de la mujer. Además de la reacción turbulenta y brillante producida en la pauta musical que rodea el palco: El pentagrama es un torbellino nebuloso a punto de tragarse todo.

A lo lejos y por un instante, los ladridos de Fígaro hacen que Julia vuelva a la realidad, pero la viola, por asombroso que resulte, no deja de sonar.

—¡La melodía es la esencia de la música!——El niño anima a la mujer con sus palabras. —¿¡Ves como sí podías!? ¡Toca Julia, toca!

Y ésta, asiente agradecida e hipnotizada. La música brota de las cuerdas de su viola como si se tratara de una pieza que acostumbrara a ensayar a diario. Como si formara parte de la Orquesta Filarmónica de Viena o de algo superior, si lo hubiese.

Mozart adulto deja el clavicémbalo a un lado y escenifica con cierto melodrama su discurso:

—Le agradezco a Dios por haberme concedido amablemente, la oportunidad de aprender que la muerte, es la llave que abre la puerta a nuestra verdadera felicidad.—

Y las tres edades de Mozart se van acercando hasta rodear a Julia sin que los instrumentos dejen de tocar por ello, incluida la flauta, que se mantiene suspendida en el aire mientras suena delicada y grácil. Todos acompañan a la viola que se escucha como nunca antes. Por primera vez, Julia está tocando con el alma. Totalmente entregada por el mero placer de crear música con sus manos, siguiendo el ritmo que brota desde sus entrañas para, luego, dejarlo fluir en libertad.

Y los tres se cogen de la mano y continúan su baile alrededor de la mujer, representando a las tres damas que sirven a La Reina de la Noche, emulando sus voces y movimientos. Julia permanece en el interior del círculo, absorta en su fascinación. Tal vez, influida por el haz de luz que sale de la flauta dorada, pues sólo la enfoca a ella.

Y la flauta vuela sobre su cabeza y toma protagonismo sonando por encima de los demás instrumentos, sus notas envuelven al cuarteto con su magia y con su luz arremolinada.

El perro irrumpe en la escena con el lomo erizado. Se acerca de manera protectora hasta la mujer, situándose en el medio del corro, tan rápido, que es un visto y no visto. Fígaro gruñe con desconfianza a cada uno de ellos, aunque lo ignoren. Las tres personalidades de Mozart bailan a su alrededor y al de Julia, a modo de liturgia, sin soltarse las manos que elevan al igual que sus voces, hacia la pauta musical.

Ya no queda nada del pentagrama, ahora es un amasijo de notas musicales y luz saliendo de los dedos de cada uno de los Mozart.

El vórtice da vueltas alrededor de Julia y de Fígaro.

Tras un chispazo de luz, desaparece el conjunto de músicos. Incluida Julia y su viola. Luego, el silencio y la normalidad.

Sólo queda Fígaro. Asustado. Confuso. Buscando a Julia mientras olfatea siguiendo un rastro que se pierde en el mismo escenario. Cesa su empeño cuando entiende que no la va a encontrar por ninguna parte, definitivamente y por primera vez en su vida, se ha marchado sin él. Lo ha abandonado.

Fígaro se acurruca con el rabo entre las patas mientras emite sollozos ahogados, hasta que el sonido estridente de la carcajada de Mozart, lo ahuyenta a salir corriendo del palco de la música.

De nuevo: Otro viaje entre dimensiones ...

Y quién sabe, el siguiente podría ser el tuyo.

¿Por qué no?

Cartas desde el lienzo

Había perdido toda esperanza de hacer realidad un sueño que, con el paso del tiempo, se estaba diluyendo entre la ponzoña de la resignación, pero no era demasiado consciente de ello y eso es lo peor. La inconsciencia. Entonces, sucedió algo extraordinario, viró la magia hacia mi vida y encontré un pasadizo a través del cual, mi mundo de fantasía halló salida hacia el exterior. Tuve la suerte de encontrar el sendero hacia mi propia gloria personal .

He podido experimentar cómo una utopía deja de serlo al materializarse en el plano real. Cuando sale a la luz y se transforma, por enterrada que estuviera en lo profundo del alma, se hace realidad el sueño. Y en mi caso, se convierte en un hecho tangible desde el momento en el que puedes leer estas palabras retenidas durante tanto tiempo en mi corazón, tanto, que casi pierdo la fe en el intento.

Pero la semilla ha dado su fruto.

Debería explicar que en mi tierna juventud, no fui gran admiradora de Van Gogh, más bien lo contrario. Entendía que era un artista consagrado, aunque no le veía la gracia al "supuesto" talento que le precedía. Cuando llegaban a mis manos recreaciones de sus cuadros, en el fondo, me parecía un horror su trazo (si soy completamente sincera).

Sin embargo, todo cambió aquella mañana de mayo del 2009,

cuando me llevaron a regañadientes al Museo Van Gogh de Amsterdam, lugar donde experimenté el viaje más alucinante de mi vida. Y gracias a la explosión de luz y color de sus lienzos, de alguna manera, me cohexioné a un mundo interior que tenía olvidado y estaba rebosante de fantasía. Se dio el milagro cuando "me enamoré" perdidamente del pintor, de su trayectoria artística, de todos sus cuadros, de su técnica inimitable, de su talento incomprendido, de su creatividad desbordante y sin límites. ¡¿Cómo pude haber sido tan idiota, cretina y absolutamente necia durante tantos años?!

Lo único que puedo decir a mi favor, es que no hay nada en este mundo conocido, que le pueda hacer justicia a su técnica de colorido y luminosidad. Sus obras no pueden apreciarse en ningún otro formato que no sea el original, no se crearon para ser reproducidas. Pues sólo se consigue el efecto contrario al que se pretende: distorsionar su arte. Esos trabajos desmerecen su trazada v apagan los matices que emplea en el color (lo que resta intensidad y paraliza el movimiento que transmiten los lienzos), entre otros muchos detalles.

En fin, tanto él como su obra son ejemplares únicos en esta vida. Nada ni nadie tiene o ha tenido la capacidad para igualarlo.

Y no es de extrañar, teniendo en cuenta todo esto, que Van Gogh pasara a ser mi artista preferido, por encima de cualquier otro. Incluida cada una de las celebridades que constituyen los "Siete Artes" (sin desmerecer a nadie).

Vincent es y será alguien muy especial para mí e indirectamente, supuso un punto de inflexión en mi vida y cambió el rumbo en mi devenir, lo cual, es de agradecer. También me dio la oportunidad de recuperar la chispa creativa que había perdido años atrás. Le debo tanto, aunque sea de manera colateral, que no hay palabras que puedan manifestar mi gratitud.

Leí hasta la saciedad su biografía. Especialmente, "Cartas a Théo", que pasó a ser mi biblia durante largos inviernos. Cualquier tipo de información, libro o cita que hiciera referencia a él y se cruzara en mi camino, pasaba por un análisis exhaustivo para extraer la máxima información posible. Sentía la imperiosa necesidad de conocer a la persona que se ocultaba bajo la máscara del artista y de algún modo, tenía que buscar la manera de redimir su dolor y la denostación que había sufrido a lo largo de toda su vida, tanto artística como social.

Con la publicación de esta novela de fantasía cierro un ciclo necesario para mi evolución espiritual y al mismo tiempo, hago realidad tres sueños que me llenan de dicha :

El primero y fundamental: el regalo de amor escrito por y para mis hijos. He querido ofrecerles un viaje fantástico a través de un mundo mágico, lleno de simbolismos donde nada es lo que parece. Un lugar al que podrán regresar siempre que quieran y donde podrán recrear su propio "país de las maravillas", mientras sigan los dictados de su imaginación. Cuando yo era niña, soñaba despierta durante horas y recreaba en mi cabeza novelas de fantasía que había leído, jugaba ser la protagonista o cualquiera de los personajes que narraban. Años después, quise que fueran mis hijos los héroes de un mundo legendario y qué mejor espacio para ello, que los propios cuadros de Van Gogh y el abanico de sensaciones que evoca cada uno. Me dejé llevar por la felicidad que me producía crear un cuento para mis amores, con el que pudieran comprender la profundidad de Vincent y también, la importancia de la mirada del observador. Sin obviar el continuo engaño de la percepción, entre otras muchas cosas.

Y supone un triunfo para mí saber que a lo largo de sus vidas, tendrán en cuenta que es tan importante el respirar como el soñar.

Hay que mantener viva la ilusión para no morir en vida. Quizás se trate del único legado que pueda dejarles, llegado el momento.

Otra cosa no, pero imaginación tengo a raudales (aunque nunca está de más).

Por otra parte, necesitaba sacarme la espinita de escribir una historia que pudiera suscitar algo de interés, lo difícil era encontrar cúal. Gracias a la visita que hice al museo, todo surgió de la nada, el relato se fue tejiendo en mi cabeza, sin demasiado esfuerzo. Y aunque tardé algunos años en completar la historia, sobre todo, en escribirla, ha llegado el momento de compartir mis visiones de otros mundos paralelos al nuestro. Por fin, la necesidad convertida en un sueño real. ¿Quién me lo iba a decir? Si a todo esto le sumamos la luz que emana Vincent Van Gogh, qué más se puede pedir. Tres deseos cumplidos gracias al genio del lienzo.

El poder expresar a través de sus palabras, bloqueos emocionales y profesionales que le llevaron a su final, mediante una interpretación personal y en cierta medida, un tanto onírica, ha supuesto un reto para mí. Ni que decir tiene, que he disfrutado muchísimo con la elaboración de su personaje. Me costó decidirme con la selección, pero fui tomando varias de sus citas o reflexiones más conocidas y las pude adaptar en los distintos momentos de sus diálogos. No me parecía apropiado hablar por él y tengo que reconocerlo, me resulta acertada dicha iniciativa.

Ya para acabar, neccesito hacer mención de mis hermanas: Sheila y Gloria, parte indispensable en mi proyecto. Ellas me han enseñado lo que implica el verdadero amor fraternal.

La seguridad con la que me lancé hacia mi "salto de fe", sabiendo que estaban ahí de manera incondicional, para rescatarme si fuera preciso, es impagable . Ellas son y han sido mi red invisible, las sostenedoras de mi ser emocional. Y los que tenemos la suerte de disfrutar de este tipo de amor, como ya os he dicho hasta la saciedad, contamos con un tesoro de incalculable valor. ¿Qué sería de un árbol sin sus ramas?

É aquí la perla y, en gran parte, fuente de la inspiración de esta historia: el maravilloso amor entre hermanos.

Desde mi profunda admiración hacia Vincent Van Gogh, tanto a nivel personal como artístico, no deseo otra cosa que ensalzar su obra y poner de manifiesto su calidad humana.

¡Qué la luz y el color de su creación, hagan de este mundo imaginario, el tuyo!

¡Y que la lectura os guíe, siempre, hacia universos paralelos! Es tan fácil soñar...

Con todo mi amor,

*Rigel**

Agradecimientos

Desde el momento en el que se me ocurrió la historia y hasta que la pude terminar, tengo tantísimo que agradecer y a tantas personas... Pero sólo unos pocos serán los elegidos, por eso de no hacer una lista infinita y porque os llevo en lo profundo del alma, aunque no os mencione expresamente.

En primer lugar, destaco la figura de mi fantástica madre, siempre ha mantenido su fe en mí y en mi supuesto talento. Es la energía femenina que me mantiene a flote. Ella es mi fuerza.

"Gracias mamá, por estar ahí de manera incondicional , por ser la primera lectora de mis escritos. Eres el motor de los talentos perdidos. Mi motor"

También quiero hacer mención de mi padre y su fe ciega en mi capacidad imaginativa, incluso alguna de sus experiencias trascendentales han sido fuente de mi inspiración a lo largo de los años.

"Gracias papá, por creer en mí y darme un apoyo absoluto. Aunque tardaras en leer la versión definitiva, con la primera ya te bastó para confiar en mi sueño"

También quiero agradecer a Román, "mi supuesto hermano" y uno de mis grandes amores. Desde que nos conocimos, me incitó a escribir y a crear, entre otras muchísimas cosas, por lo que no me cansaré de llamarle "el incitador".

"Gracias por ser esa luz intermitente que ayudó a mi niña interior a salir de la caverna. Sincronías del destino y amores perros."

Por supuesto, a mi querida Anabel. Una persona auténtica, con sabor a los intrépidos. Ella siempre apostó por mí, desde que nos conocimos. Siempre me ayudó y me arropó con su amor a cambio de nada.

"Gracias Anabel, por haber sido durante tanto tiempo mi hermana mayor, mi madre, mi amiga,... Para mí has sido la luz personificada y mi pilar en Caurel. Sin tu ayuda no lo hubiera conseguido. Tampoco sin tus consejos y reflexiones."

Y qué suerte he tenido de contar con "los genios de mi lámpara mágica": Bea, Sheila y Harold. Sin vosotros no hubiera tomado forma este proyecto.

Sois la fuerza que necesité para que "Viaje en una noche estrellada", viera la luz. Y me distéis el empujón final para hacer realidad un sueño. ¡Gracias de corazón!

Y en general, gracias a todos por estar ahí, por ser mis conejillos de indias cada vez que os pedí leer los sucesivos bodrios que, se supone, fui mejorando y retocando con el tiempo... Sois tantos, que no me llegaría todo el papel del universo.

Gracias por existir, por formar parte de mi vida y sobre todo, gracias por hacerme partícipe de la vuestra.

¡Todos somos uno! ¡Os quiero un mundo!